GW00983100

VACANCE AU PAYS PERDU

Né en 1964, Philippe Ségur est l'auteur de plusieurs romans. Parallèlement à son activité d'écrivain, il enseigne le droit constitutionnel à l'université de Perpignan.

PHILIPPE SÉGUR

Vacance au pays perdu

ROMAN

BUCHET / CHASTEL

ISBN : 978-2-253-12956-1 – 1re publication LGF

« Car c'est la logique anatomique
de l'homme moderne, de n'avoir jamais pu vivre,
ni penser vivre, qu'en possédé. »

Antonin ARTAUD.

Un

Nous roulions depuis une trentaine de kilomètres lorsqu'un couinement nous est parvenu depuis l'arrière. Ma femme tenait le volant. J'occupais le siège du passager à côté d'elle. De nouveau, ce couinement s'est fait entendre. Je crois que j'ai oublié ma carte bancaire, a gémi mon cricri, assis sur la banquette. Je me suis tourné vers lui d'un bloc. Nous n'étions plus très loin de l'aéroport, il était trop tard pour rebrousser chemin. J'ai regardé mon cricri dans les yeux. J'ai regardé ma femme.

– Tu entends, j'ai fait. Il a oublié sa carte.

Elle m'a fixé d'un air neutre.

– Il a oublié sa carte, c'est magnifique, j'ai ajouté.

Je me suis rencogné dans le fauteuil en soupirant d'aise. Depuis que les Romains avaient cessé de déchiffrer les présages dans les entrailles de marcassin et la gelée d'écureuil, personne n'était plus attentif que moi à la lecture des signes. Et l'oubli de sa carte bancaire par mon cricri au moment de nous embarquer pour l'étranger alors que nous n'avions pas un sou en poche me paraissait du meilleur augure.

Je m'étais résolu à changer de vie de façon radicale. Mon métier de graphiste spécialisé dans le packaging de produits alimentaires ne me causait que des tourments. J'étais végétarien de stricte obédience, client d'un homéopathe de réputation régionale, adhérent à trois associations de protection de l'environnement et je concevais à longueur d'année des emballages de thon au mercure, de mayonnaise à la dioxine, d'œufs bourrés de pesticides. Lorsque je fabriquais un tableau de valeur nutritionnelle qui allait figurer sur une boîte, je ne pouvais m'empêcher d'y lire la colonne noire qui aurait dû le compléter.

Elle comportait des mots comme dieldrine, kepone, heptachlore, chlordane. Des mots écrits à la croûte de suie, terrifiants, qui s'épelaient en milliers de cancers.

Au début de l'été, j'avais dessiné le sticker d'une salade composée qui serait vendue en grande surface et dans les stations-service sur les autoroutes. Il y avait des morceaux de blanc de poulet à l'intérieur, mélangés à du riz, du thon et à quelques rondelles de tomates. La volaille était gavée d'antibiotiques, de sulfamides, de tranquillisants et d'hormones de croissance. Sa teneur en protéines était nulle. La viande avait été broyée, puis reconstituée dans un moule et le blister mentionnait la présence de monosodium de glutamate, une saloperie d'agent de sapidité rehausseur de goût. J'en avais perdu le sommeil pendant une semaine.

J'étais devenu un agent du suicide collectif.

Un petit Goebbels qui vendait la mort en barre.

Depuis des années, je rêvais de mettre la clef sous la porte. J'aurais voulu réviser notre mode de vie, le mettre en accord avec mes idées. J'avais envisagé toutes les possibilités : me lancer dans la culture des plantes médicinales, monter une ferme pédagogique, relancer le métier de trappeur. Mais ma femme persistait à préférer le monosodium de glutamate à la purée de ronces et au ragoût de glaïeuls. Il n'était pas question de laisser tomber la confection d'emballages pour la vie au grand air.

Du reste, les désirs de ma fille aînée ne me promettaient pas une libération prochaine à l'égard du système. Elle ne voulait plus porter que des Converse, des jazz pants Adidas, des vestes Puma ou des sacs Eastpak, et quand elle rentrait du collège, elle nous faisait sentir avec insistance qu'elle était la dernière de sa classe à ne pas posséder de mobile connectable sur le net ni le MP3 top fashion qui lui aurait enfin permis d'écouter de la musique jusqu'à cinquante heures en continu.

Sa sœur, qui était encore au primaire, n'avait pas succombé à cette frénésie de possession. Elle se contentait de collectionner les figurines Disney, Pixar et Dreamworks par dizaines. Quant au petit dernier, il venait d'atteindre ses deux ans. À cet âge, une mini-console Nintendo et deux ou trois DVD d'animation par semaine suffisaient à le satisfaire. Bref, nous étions à la tête d'une entreprise florissante. Ma femme envisageait de souscrire un crédit à la consommation pour que nous soyons livrés plus vite.

Cette année-là, au début du printemps, j'avais eu un gros coup de déprime. Un client souhaitait me rencontrer pour me confier le packaging d'une gamme entière de produits. Il s'agissait d'un marché important. Si je l'emportais, le contrat allait tomber à point pour remonter nos finances. Les six derniers mois, je n'avais décroché aucune commande. Nous n'avions plus que le salaire de ma femme pour faire vivre la famille. C'était un peu juste pour entretenir de manière décente les fournisseurs de nos enfants.

J'ai passé une semaine à arranger mon book et, le jour venu, j'ai pris un train avec plus de deux heures d'avance pour me rendre à mon rendez-vous. Vingt minutes avant d'arriver, le convoi s'est arrêté dans un grincement funeste. Des étudiants bloquaient la voie. Ils protestaient contre la limitation de leurs prétentions salariales par la nouvelle loi sur l'embauche. Comme ils ne paraissaient pas décidés à vouloir nous relâcher, je suis devenu nerveux. J'ai fini par descendre du wagon pour parlementer. Mais la discussion a dégénéré et l'un d'eux m'a envoyé son poing dans la figure. Il voulait du pognon. Je voulais du pognon. Nous voulions tous du pognon. Nos positions n'étaient pas conciliables.

Je suis rentré chez moi, écœuré. J'avais manqué mon rendez-vous et perdu une commande. Pour couronner le tout, j'avais un œil poché qui prenait une sale couleur. J'y appliquais une escalope de veau en cherchant dans mon carnet d'adresses un client à relancer quand ma femme est apparue. Elle avait ramassé les enfants sur le chemin de l'école.

– Tu n'es plus végétarien, maintenant ? m'a-t-elle fait avec un demi-sourire lorsqu'elle m'a aperçu.

J'étais le seul dans cette maison à avoir pris conscience des bombes chimiques à retardement qui échouaient dans nos assiettes. Tous les autres manifestaient un malin plaisir à bâfrer sous mes yeux avec la plus parfaite bonne conscience.

– C'est du veau à la pénicilline, je lui ai répondu. Un décongestionnant naturel de premier choix.

– Pouah, c'est dégoûtant, a commenté ma fille aînée en découvrant la tranche orangée, suante et translucide, qui me masquait l'œil.

Elle venait de lancer son Eastpak à travers le couloir. Chargé à bloc, le cartable avait manqué d'éclater en heurtant le carrelage. Sa couture était en train de craquer, cela ne l'émouvait pas. Elle avait jeté son dévolu sur un autre modèle, d'une autre marque, grâce auquel elle espérait accéder au Total Look Control® que partageaient déjà quatre cents autres gamines de son collège.

– Je ne te le fais pas dire, j'ai rétorqué. C'est de la viande, c'est dégoûtant. Mais tu en manges sans te plaindre plusieurs fois par semaine. L'avantage, c'est qu'on en vend sans ordonnance dans toutes les boucheries.

13

Elle m'a regardé en haussant les épaules. Puis elle a lâché d'un air fatigué :

— Ouais, bon. Va falloir penser à changer mon cartable. Le Eastpak, ça déplie de *first*.

Je l'ai fixée, les yeux ronds.

— Ben quoi ? a-t-elle aboyé. Vous voulez quand même pas que je continue d'aller au bahut avec cette daube ?

Et elle a quitté la pièce, m'abandonnant avec mon carnet d'adresses et ma tranche sur l'œil comme un pirate sans emploi. C'est ce jour-là que j'ai eu mon premier malaise cardiaque. Il n'est pas venu tout de suite. Au début, je n'étais que contrarié. Cependant, au cours du dîner, je ne sais pas, les aliments ne passaient pas. Soudain mon palpitant s'est mis à accélérer, puis à ralentir. Une douleur remontait dans mon bras gauche et clignotait pareille à un warning d'infarctus. Je me suis levé en renversant la chaise.

— Qu'est-ce qui t'arrive ? a demandé ma femme.

— Rien, rien, j'ai fait. Ça va aller.

Je ne voulais pas provoquer de mouvement de panique. J'ai titubé jusqu'au canapé. Je me suis effondré en travers des coussins en haletant.

— Mais qu'est-ce tu as ? a insisté ma femme.

— Appelle quelqu'un ! j'ai crié. Je crois que je suis en train de crever !

Elle a pris le téléphone et composé un numéro à deux chiffres.

— C'est mon mari, elle a dit. Il est en train de mourir.

Mon cœur s'est affolé deux fois plus fort.

– Tu crois vraiment que c'est grave ? j'ai demandé.

Je commençais à suffoquer. L'attitude même de ma femme prouvait que ma vie ne tenait qu'à un fil. J'ai décidé de ne plus prononcer de paroles inutiles. De me concentrer sur mon souffle jusqu'à l'arrivée des secours.

– Qu'est-ce qu'il a, papa ? a demandé ma fille cadette.

– Anémie, a répondu sa sœur, la bouche pleine d'escalope. Déficit en protéines. Ça arrive souvent chez les végétariens.

À côté d'elle, le petit pianotait sur sa Nintendo en grignotant des gâteaux. Il ne se nourrissait plus que de biscuits aux céréales et aux pépites de chocolat. Une alimentation équilibrée, riche en vitamines et en sels minéraux, dont chaque ration sous étui en plastique représentait un tiers de l'apport calorique journalier recommandé. Avec ce qu'il ingurgitait, il serait obèse avant d'avoir ses premiers poils pubiens.

– Ils envoient quelqu'un, a annoncé ma femme qui reprenait sa place à table.

Elle servait le dessert aux enfants. Mousses à la crème de marron et à la chantilly, flans vanille caramel, compotes de fruits au yaourt entier. Allongé sur le canapé, je pratiquais une série de respirations abdominales. Je faisais siffler l'air contre ma glotte afin d'en contrôler le va-et-vient. Ma fille aînée a allumé la chaîne pour couvrir le bruit. Les beuglements sourds d'un groupe de rap ont envahi la pièce.

Le toubib s'est présenté. La cinquantaine, un pli soucieux au milieu du front. Il m'a ausculté avec des gestes méticuleux d'homme rompu aux procédures d'alerte.

— Surmenage, il a fait. Un petit malaise vagal. Vous êtes trop tendu, cher monsieur.

Il a jeté un regard furtif vers ma femme. Elle riait en douce dans un coin de la pièce. Il s'est penché vers mon oreille :

— Vous avez des ennuis, mon vieux ?

Du menton, il désignait mon œil au beurre noir. Il a de nouveau considéré ma femme.

— Si vous avez des problèmes, il a murmuré, il faut en parler.

Il m'a discrètement glissé une carte. Un numéro de téléphone y figurait sous la photo d'hommes aux visages graves et rassurants.

— C'est un numéro vert. Des gens de confiance. Vous pouvez les appeler.

Il est parti en saluant mon épouse d'un geste sec. Ses propos, je dois l'admettre, m'avaient remué. Je venais de prendre conscience de ma situation. Le soir même, j'ai mis les choses au point. Allongé dans le lit, je tournais quelques pages de l'*Histoire de Rome* de Tite-Live, ma femme lisait un magazine à côté de moi. Aucun de nous ne parlait plus de l'incident.

— Ça ne peut plus durer, j'ai attaqué, bille en tête.

— Ça ne peut plus durer quoi ? elle a fait en levant les yeux.

– Cette vie. Cette compromission avec le système. Je suis à bout. Ça ne se voit donc pas que je suis à bout ? J'ai l'impression que ça se lit sur ma figure.

Je la lorgnais de mon œil tuméfié. En toute honnêteté, c'était exact, je n'y étais plus. Depuis quelque temps, j'avais à nouveau cette sensation de boule dans la gorge. Le syndrome du noyau de prune. Une difficulté permanente à déglutir associée à un sentiment d'oppression des voies respiratoires. Certains jours, c'était si angoissant que j'avalais ma salive toutes les trois secondes avec un bruit de siphon comme si j'allais étouffer.

D'après mon homéopathe, c'était le signe d'un état dépressif. Et de fait, même feuilleter ce bon vieux Tite-Live me paraissait une épreuve insurmontable. Les trente-sept éléphants d'Hannibal affrontaient les tempêtes dans le col du Petit-Saint-Bernard, hommes et bêtes mouraient dans la neige et la glace, tombaient dans les précipices des Alpes. Je parcourais dix fois la même ligne sans comprendre ce que je lisais. Je n'avais plus goût à rien. Ou plutôt si : j'avais des envies de Bar de la Marine. Des envies d'ailleurs.

– Qu'est-ce qu'il te faudrait ? a demandé ma femme. De quoi as-tu besoin ?

– Je ne sais pas, j'ai répondu. D'aventure, de grands espaces. Il faut que je sorte de cet étouffoir.

Nous en avons discuté jusqu'à plus de trois heures du matin. Une remise en cause générale de notre manière de vivre. Ce n'était pas une discussion facile. Mais ma femme est quelqu'un d'extraordinaire. Elle est capable de tout accueillir, de tout entendre. Elle a fini par me comprendre et nous sommes tombés d'accord.

Il fallait que je change radicalement de vie.

Que je rompe pour de bon avec le système.

Et c'est ainsi que le 25 août, nous nous sommes retrouvés en route pour l'aéroport à sept heures du matin. Elle avait accepté de me laisser partir avec mon cricri pour un voyage d'une semaine. Une expédition en terre lointaine, sans aucune préparation. De la grande aventure. Et mon cricri venait de s'apercevoir au bout de trente kilomètres qu'il avait oublié sa carte bancaire. Enfoncé dans mon fauteuil, je me réjouissais de ce signe du destin, éminemment favorable.

La rupture avec le système s'annonçait fracassante.

Deux

À l'aéroport, nous avons bu un café sous une rampe de néons blêmes. Mon cricri a allumé sa première cigarette. Nous tournions nos petites cuillères dans nos tasses. Il y avait entre nous un silence sinistre. Lorsque l'heure du départ est venue, ma femme nous a accompagnés jusqu'au comptoir d'enregistrement. Au-delà de cette limite, l'humanité se scindait en deux de façon irrévocable : d'un côté, les héros qui s'en allaient, de l'autre, les sacrés veinards qui restaient bien tranquilles. Nous étions livides. Ma femme a posé sur ma bouche ses lèvres froides. Sa main a exercé une pression insistante sur mon bras.

– N'oublie pas de ne boire que de l'eau de source, elle m'a fait. Seulement en bouteille. Et vérifie toujours qu'elle soit correctement bouchée.

J'ai hoché la tête, la gorge nouée.

– Et ne mange jamais de viande, elle a ajouté. Ni de poisson. C'est plein de toxines. Si ça sent l'ammoniac, c'est que c'est avarié.

— Mais, ma chérie, tu sais bien que je suis végétarien.

— Ça ne fait rien, n'en mange pas. C'est plein de toxines quand même.

Je l'observais, elle n'en menait pas large. Et je n'étais pas serein non plus. Près de nous, mon cricri lisait les panneaux d'affichage d'un air blasé. Il avait retrouvé sa carte American Express Super Gold en descendant de voiture et ne paraissait pas mesurer la gravité de l'événement.

Lorsque ma femme m'avait donné sa bénédiction pour une virée en célibataire, il ne m'était plus resté qu'à choisir une destination. Comme j'avais toujours détesté les voyages, je n'en voyais aucune qui fût susceptible d'exciter mon imagination. L'aventure, d'accord. Mais à l'étranger, était-ce bien raisonnable ?

Je m'étais tâté pendant des semaines. Je compulsais mon atlas en quête du point de chute idéal. Le Proche-Orient ? Trop hostile. Les Occidentaux y suscitaient à présent une légère réticence. Les États-Unis ? Trop accueillants. Et d'un humour discutable. Depuis le 11 septembre, il suffisait de rire un peu dans sa barbe et l'on était nourri et logé en camp d'internement pour deux ou trois ans. J'avais beau chercher, je ne trouvais pas. L'Australie ? Trop loin. La Turquie ? Trop près. Et puis, la Turquie, c'était un carrefour de cultures. Aussi accueillant que les États-Unis, mais avec l'hostilité du Proche-Orient en prime. Et le Luxembourg, je me disais, c'est bien, le Luxembourg.

Un pays sans histoire. À deux pas des hôpitaux parisiens et des services d'urgence. Je reprenais espoir.

– Excellent, m'a dit ma femme. Et puis c'est parfait pour rompre avec le système.

– Qu'est-ce que tu sous-entends par là ? j'ai demandé.

– Que tu aurais plus vite fait d'entrer à la Harvard Business School et de réformer l'économie mondiale. Le Luxembourg, c'est un paradis fiscal et une plaque tournante pour capitaux pas très propres, je te signale.

– Ah oui, j'ai fait.

Et j'ai repris ma prospection. J'avais l'impression que ma femme ne prenait pas au sérieux mon envie d'ailleurs. Plus les jours passaient, plus son demi-sourire s'accusait. À la fin, il lui remontait franchement jusqu'aux oreilles.

– Qu'est-ce qu'on fait cet été ? m'a-t-elle dit un soir que je lisais *La Guerre d'Hannibal.* Il serait temps de s'en occuper, tu ne crois pas ? Je réserve l'appartement du cap d'Agde comme d'habitude ? J'ai acheté des maillots Banana Moon pour les petites.

Je lui ai adressé un regard d'incompréhension.

– Oui, a-t-elle précisé. Puisque tu ne partiras pas en voyage de toute façon.

– Qu'est-ce que tu sous-entends par là ? j'ai demandé.

– Que tu ne partiras pas en voyage de toute façon.

– Ah bon, j'ai fait.

Et j'ai repris la lecture de Tite-Live. Mon calme n'était qu'apparent, il dissimulait des remous de révolte. Ma femme et le système n'étaient pas au bout de leurs surprises. Le lendemain, j'ai décidé de frapper un grand coup. Il me fallait dégotter une destination renversante pour impressionner mon épouse, mais pas trop tout de même pour ne pas tétaniser nos finances. J'ai tapé « loin et pas cher » sur internet. L'ordinateur m'a affiché une page sur les méthodes de suicide. Je suis revenu au moteur de recherche. J'avais envie d'ailleurs, mais pas à ce point.

C'est alors que j'ai eu une idée géniale.

J'ai écrit « désastre touristique » dans la lucarne.

Et l'écran a affiché : Albanie.

Un État minuscule, coincé dans les Balkans entre le Monténégro, la Serbie, la Macédoine et la Grèce. Il n'était sorti de la dictature communiste qu'en 1992, disputait aujourd'hui à la Moldavie le statut de pays le plus pauvre d'Europe et n'était visité chaque année que par quelques milliers de touristes qui, d'ailleurs, le traversaient sans respirer et avec des pincettes pour aller dépenser leurs dollars chez les Grecs.

A-L-B-A-N-I-E.

L'ailleurs – mon ailleurs – venait de trouver son nom.

Ces sept lettres flamboyaient devant mes yeux comme un code d'accès au pays des merveilles. Le soir même, j'ai annoncé la nouvelle à ma femme. Elle lisait un dossier sur les tendances de l'été prochain dans un magazine. En apprenant sur quel pays s'était arrêté mon choix, elle a hoché la tête.

– Vraiment bien vu, elle a reconnu. Un endroit impossible, je n'y aurais pas pensé.

– Qu'est-ce que tu sous-entends par là ? j'ai demandé.

– Oh, rien du tout. L'Albanie, c'est tout à fait l'univers qui te convient. Je réserve quand même au cap d'Agde, par précaution ?

Elle me fixait avec un bon sourire. Quelque chose me disait qu'elle n'y croyait pas. Sa tranquillité, le ton assuré de sa voix, je ne sais pas. La vie commune m'avait appris à déceler les plus infimes de ses signaux corporels.

J'ai laissé passer quelques minutes. J'ai feuilleté plusieurs pages de Tite-Live. J'étais aussi paisible et déterminé qu'elle pouvait l'être.

– Les Albanais pratiquent encore la vendetta, j'ai lâché au bout d'un moment. Ils appellent ça le *kanun*.

– Oh, vraiment ? elle a fait.

Elle m'a dévisagé, elle s'est replongée dans sa lecture.

– Oui, de vrais fondus, j'ai précisé, ils flinguent à tout va. L'année dernière, pas moins de mille quatre cent soixante familles étaient en conflit entre elles pour cause de meurtres.

Elle a relevé la tête.

– Eh bien, côté aventure, mon chéri, tu vas être servi.

– Et ce n'est pas tout, j'ai ajouté. Deux régions du pays sont hors de contrôle du gouvernement. Je suis allé voir le site du ministère des Affaires étrangères. Ils ne peuvent pas garantir la sécurité des voyageurs.

Elle m'a adressé une moue d'approbation. Elle a souri en battant plusieurs fois des paupières.

– Mais c'est merveilleux, mon chéri.

Et elle a recommencé à tourner les pages de son magazine. Je ne sais pas ce qui m'a pris, j'ai vu rouge. Je me suis levé d'un bond en rejetant la couette en travers de ses jambes.

– Je vais réserver les billets, j'ai annoncé d'une voix forte.

J'ai traversé la chambre à toute allure en caleçon. Je suis entré dans le bureau où se trouvait l'ordinateur. Sa voix claire a retenti dans mon dos :

– N'oublie pas de prendre l'assurance en cas d'annulation.

Je suis revenu dans la chambre.

Elle lisait toujours. Je me suis planté devant elle.

– Je vais d'abord prévenir mon cricri, j'ai dit.

Elle n'a pas bronché. J'ai saisi le téléphone.

– Pour qu'il bloque sa semaine. Ce sera une bonne chose de réglée, on n'en parlera plus.

Mon cricri ne savait rien de l'Albanie et s'en fichait. Il m'avait assuré qu'il suffirait que je lui propose une destination et qu'il me suivrait au bout du monde. Il était célibataire, exerçait le métier d'avocat et pouvait s'absenter sans difficulté pendant les vacances judiciaires. Ce soir-là, je l'ai pris au mot et il ne s'est pas dédit. Il n'a même pas jugé utile de me demander où nous allions. Trois mois plus tard, je lui en voulais de cette loyauté sans nuance. À quoi sert-il d'avoir des amis, si ce n'est pas pour qu'ils vous trahissent de temps à autre ?

À présent, nous étions devant le comptoir d'enregistrement de l'aéroport et j'avais retrouvé toute ma crédibilité auprès de ma femme. Elle prenait conscience de ce que ça signifiait d'avoir un mari en partance pour les Balkans. Ses adieux étaient poignants, j'avais l'impression d'entendre mon oraison funèbre.

– Tu as pris le numéro de l'ambassade ? elle demandait.

Je déglutissais avec une difficulté croissante.

Mon cricri près de nous sifflotait et consultait le tableau des départs, ignorant tout du pays des merveilles.

Les innocents étaient bénis.

Trois

Nous avions une correspondance à Rome. L'aéroport de Fiumicino était immense. Une galerie marchande géante truffée de boutiques de luxe, de cafés et de salles d'attente. Mon cricri ouvrait la marche à la recherche du Terminal A. Dès que nous nous étions retrouvés seuls, il m'avait averti qu'à un moment ou à un autre, il allait tomber malade durant notre voyage. Il était dérangé sur le plan digestif. De nombreuses pérégrinations sur tous les continents lui avaient appris à bien connaître son corps et les signes avant-coureurs des tortures qu'il lui infligeait. En attendant la catastrophe, il avait dormi pendant tout le vol. Maintenant il allait devant moi, d'un pas stoïque, vers l'inconnu.

Nous nous sommes arrêtés porte 33. Les tableaux d'information étaient incompréhensibles. Plusieurs numéros de vol s'affichaient pour un même horaire, certains se mettaient à clignoter à l'improviste comme si un avion prévu dans deux heures allait décoller dans la seconde. Des gens formaient une queue désordonnée devant un guichet vide. D'autres, affalés sur des sièges, serraient leurs bagages entre leurs cuisses en jacassant. Je ne saisissais pas un traître mot des annonces diffusées par les haut-parleurs.

– Tu parles l'italien, toi ? j'ai demandé.

– Non, l'espagnol. C'est pareil.

– T'es sûr ?

– Sûr. C'est ici qu'il faut attendre.

J'ai observé autour de moi, peu rassuré par sa réponse.

– On dirait que certains vont en bas, j'ai fait.

– Où ?

– Par là, il y a un escalier qui descend.

Il a évalué l'information. Il a secoué la tête.

– Soyons autonomes, il a dit. Ne suivons pas bêtement le troupeau.

À cet instant, un mouvement s'est déclenché dans la foule. La file s'est défaite, les gens se sont levés. La marée humaine a fondu à toute allure sur l'escalier. Mon cricri a bondi et galopé derrière elle.

– Qu'est-ce que tu attends ? il m'a crié par-dessus son épaule. T'as pas entendu l'annonce ?

Je l'ai suivi et nous nous sommes retrouvés à l'étage inférieur. Il ressemblait au précédent comme un petit frère. Même queue désordonnée, même guichet vide, même foule qui jacassait. Ce coup-ci, nous avons pris notre place dans la file. Derrière nous, une brune plantureuse aux yeux clairs interrogeait le tableau d'affichage. Une Italienne, m'a chuchoté mon cricri, ça se voit tout de suite. Il était à son affaire. La fille n'avait pas proféré un mot, mais il savait cerner les femmes. Celle-là était provinciale, sans doute napolitaine et de toute évidence désorientée.

Au bout d'un moment, elle s'est aperçue que nous la dévisagions. Elle s'est avancée et nous a demandé quelque chose. Les sons émis par sa bouche ont plongé mon cricri dans une grande confusion. Il a roulé des yeux effarés, esquissé un sourire impuissant. C'était une Japonaise. Une Napolitaine de Tokyo.

– Foutue mondialisation, il a fait en se retournant vers moi. Y a vraiment un truc tordu dans le système.

J'ai hoché la tête. Nous partagions la même analyse du monde contemporain. Là-dessus, un responsable d'embarquement a surgi pour ouvrir le guichet. La foule s'est pressée en respectant l'ordre de passage. Sauf un costume Armani à lunettes noires dont le temps était précieux et qui préférait nous brûler la politesse. Il a remonté la file d'un pas décidé et s'est présenté au contrôle, Rolex au poignet, attaché-case Vuitton à la main. L'agent aéroportuaire n'a pas osé le contrarier. Cette intrusion manifeste du capitalisme international dans notre file d'attente a mis mon cricri hors de lui. Il a entrepris de fustiger le mufle.

– Pourquoi tu t'énerves ? j'ai demandé.

– C'est politique, il a répondu. La résistance s'organise.

– Mais ce type est italien, j'ai fait.

– Et alors ? Les oppresseurs sont partout.

– Mais tu lui parles en espagnol !

– T'inquiète, il a très bien compris.

28

Derrière ses Ray-Ban, le mufle toisait mon camarade en ricanant. Tandis qu'il s'engageait le premier sur la passerelle, il a rajusté sa cravate et raflé de manière ostentatoire la totalité des exemplaires d'*Il Tempo* sur le présentoir. Mon cricri a commenté l'événement jusqu'à ce que nous soyons installés dans le M80 d'Alitalia. Après quoi, il a subi le contrecoup de son intervention politique. Sa tête a dodeliné sur sa poitrine et il s'est mis à ronfler copieusement.

Le deuxième vol, assez morne, nous a conduits sur la côte adriatique de l'Italie en un peu plus d'une heure. À travers le hublot, je contemplais le paysage vallonné des Pouilles, d'abord sec et blanc, jaune brûlé, aux rivières asséchées et sans arbres, puis couvert de vignes et d'oliviers à perte de vue au fur et à mesure que nous approchions de Bari. Je commençais à me détendre. Avec un peu de chance, l'Albanie, de l'autre côté de la mer, allait nous offrir le même spectacle. Jusque-là tout allait bien.

Nous sommes entrés dans la ville blanche en début d'après-midi. À l'aéroport de Bari-Palese, nous avons pris la navette qui ralliait la gare routière, piazza Aldo Moro. La place était ombragée par des palmiers, des cèdres et des pins. Nous ne trouvions pas le bus de la *linea* 20.

– Va demander à quelqu'un, j'ai suggéré.

– Pourquoi moi ?

– Tu parles mieux l'espagnol. Ça ira plus vite.

Une heure trente plus tard, nous grimpions dans le bus. Il était bondé et le composteur ne marchait pas. Des étudiants italiens rieurs et volubiles avaient entassé leurs énormes sacs à dos dans l'allée. Ça ressemblait à un joyeux départ en vacances, je me sentais léger.

À la *stazione marittima*, plusieurs ferries étaient à quai. Nous nous sommes renseignés à l'accueil dans un bâtiment rose saumon. On nous a indiqué un autre édifice où nous pourrions acheter nos billets. Il était situé dans une zone déserte et tandis que nous en prenions le chemin, je me suis aperçu que les étudiants suivaient tous la direction opposée, vers la Grèce. J'ai eu une petite constriction de la gorge.

Dans le hall des compagnies maritimes, nous étions les seuls voyageurs. L'après-midi touchait à sa fin. Depuis notre lever, nous avions pris la voiture, deux avions, une navette, un bus, et nous avions pas mal marché. Je commençais à traîner les pieds et j'avais hâte de m'asseoir.

— Je vais demander les tarifs, a dit mon cricri.

— Non, attends, j'ai fait.

J'ai regardé ma montre.

— Je vais tenter ma chance, il n'y a pas de raison que ce soit toujours toi qui t'y colles.

J'ai lâché mon sac devant le premier guichet et me suis lancé en anglais. D'ordinaire, je suis incapable de m'exprimer dans cette langue. Mon souci de bien accentuer est tel que je n'arrive jamais à finir une phrase. Je suis complètement bloqué. Ce jour-là, j'ai été touché par la grâce. J'ai approché mon visage aussi près que possible de l'hygiaphone et j'ai utilisé une formule peaufinée à l'avance.

– *How much ?*

J'accompagnais la question d'une friction significative de l'index et du pouce. Un geste flegmatique de gentleman britannique. La préposée m'a examiné des pieds à la tête d'un air fatigué. Puis elle a répondu dans un français impeccable :

– C'est cher.

– Ah bon ?

– Oui. Et tard. Pas avant minuit.

– Ah bon, j'ai répété. Mais alors…

– Allez voir à côté, elle a dit. C'est moins coûteux et le bateau part plus tôt.

Elle désignait une agence concurrente. Je l'ai remerciée avec chaleur. Elle m'a toisé en haussant les épaules. Nous avons acheté nos *biglietti di passaggio* à l'agence Agesta un peu plus loin. Le ferry levait l'ancre à vingt-trois heures. Nous avions cinq heures devant nous. C'était plus que suffisant pour nous procurer de la monnaie locale, la dernière formalité qu'il nous restait à accomplir.

Dix jours plus tôt, j'avais rendu visite à mon banquier pour commander des leks.

– Des quoi ? il avait fait.

– Des leks.

– Comment vous écrivez ça ?

– Avec un k.

– Connais pas. C'est scandinave ?

– Non, albanais.

Il m'avait considéré avec respect.

– Vous travaillez pour l'ONU ? Mon beau-frère est casque bleu. Il a fait deux mois dans les Balkans.

– Euh, non. Moi, c'est différent.

– Ah, c'est-à-dire ?

– J'y vais par choix. Par agrément. C'est pour rompre avec le système.

Le banquier m'avait dévisagé, l'air ébahi. Il avait encore consulté son registre et notre conversation s'était arrêtée là. Il ne faisait pas le lek. Quand j'en avais informé mon cricri, celui-ci m'avait rassuré. Je pouvais en croire sa longue expérience, il suffisait d'emporter nos cartes bancaires et nous trouverions toujours un bureau de change sur le port avant le départ. Il n'avait pas eu tort. L'enseigne « Change » nous avait sauté aux yeux dès notre descente du bus. Cependant, dans le bureau, un détail me paraissait inquiétant. Les taux de conversion étaient affichés pour le dollar, le yen, la livre sterling et toutes sortes d'autres monnaies. Je ne trouvais pas le lek.

– T'inquiète, a fait mon cricri. C'est dû aux fluctuations des marchés monétaires. Ce gars-là doit avoir des leks plein son tiroir-caisse. Il va essayer de nous arnaquer sur le dernier taux, tu vas voir. *Por favor, señor, habeis lekos ?*

L'agent ne nous a même pas regardés.

– *No leks.*

– Comment ça, *no leks* !

Mon cricri s'est tourné vers moi, estomaqué.

– Qu'est-ce qu'il veut dire avec son « *no leks* » ? Il m'a pas compris ou quoi ? Tu vas voir qu'on est encore tombés sur un monoglotte.

Les palabres ont repris. L'agent est demeuré intraitable. Il comptait des devises américaines qu'il assemblait en de grosses liasses vertes. Nos prétentions ne l'intéressaient pas. Mon cricri allait perdre patience quand il a compris de quoi il retournait. Le lek albanais n'était pas convertible en dehors des frontières. C'était la seule explication et en définitive une bonne nouvelle. Les autorités albanaises avaient dû tout prévoir pour faciliter le change à l'arrivée.

Lorsque nous avons pris congé, mon camarade avait retrouvé sa bonne humeur. Ma gorge, elle, était en train de rétrécir. Un pays dont la monnaie était introuvable. Coupé de tout, imperméable à la mondialisation. Un pays sans Eastpak, sans figurines Pixar, sans Nintendo DS Lite. J'en avais des sueurs froides et des palpitations dans la poitrine.

Mon cricri m'a envoyé une tape sur l'épaule.

– Allons, mon vieux, c'est ça, les voyages ! Un peu d'endurance, que diable !

Soudain une crispation a traversé son visage. Un voile fugitif de douleur.

– Il faut que je mange, il a fait. Je ne me sens pas bien.

Nous sommes allés dîner dans un troquet près du port. J'ai pris une pizza aux légumes et lui une napolitaine géante avec une côte d'agneau, des frites, quelques haricots et deux œufs au plat. Il a posé son paquet de Chesterfield sur la table.

– Je ne sais pas ce que j'ai, je suis patraque en ce moment.

Il a commandé une bouteille de chianti et une bière blonde en prévision du dessert. Il a sorti une cigarette du paquet et m'en a offert une que j'ai saisie machinalement. J'avais arrêté de fumer trois ans auparavant lorsque je m'étais converti au végétarisme. Cela me paraissait maintenant très accessoire.

J'ai allumé la cigarette, tiré sur le filtre en me concentrant pour en goûter la saveur. La fumée âcre m'a envahi les poumons, irrité la gorge. Je me suis mis à tousser. Sur ma montre, les aiguilles tournaient, tournaient. Plus que quatre heures, je me disais. Plus que quatre heures et ce sera parti pour le pays des merveilles.

Quatre

Le ferry était énorme. Ses œuvres mortes saillaient sur l'eau comme une maison de six étages et ses ponts blancs, lumineux, déserts, tranchaient de façon surnaturelle sur le ciel nocturne. Le nom de la compagnie italienne ornait sa coque en lettres géantes : Tirrenia. Il n'y avait pas d'accueil, pas de signalisation et pas d'autres voyageurs sur le quai pour nous montrer le chemin. Devant nous, des voitures et des camions s'engouffraient dans la gueule béante de la soute. Un halo de lumière livide les avalait dans un silence d'entrailles.

Nous avons longé le ponton d'embarquement et trouvé un escalier de service. À l'entresol, derrière une table en formica, deux hommes au visage de cire vérifiaient les tickets. Ils ont gardé nos passeports et nous ont indiqué nos places. Nous avions choisi les moins chères, assises, parce que c'était l'idée que nous nous faisions de l'aventure et que cette idée coïncidait avec l'état de nos finances.

– Tu préfères peut-être une cabine ? m'avait demandé mon cricri, plein de prévenance, au moment d'acheter les billets.

– Non, j'avais fait. Mais peut-être que tu en veux une, toi ?

– Moi ? il s'était récrié. Jamais de la vie. Tu me prends pour une mauviette ? Je pensais seulement à toi. Vu que tu n'as pas l'habitude des voyages…

– Ah ah, j'avais fait. Ah ah. Demande-leur plutôt s'il leur reste un hamac dans la cale.

L'affaire avait été entendue. Nous allions voyager à la dure, salle *poltrone* numéro huit, logés avec la foule bruyante des exclus et des hors-la-loi qui s'embarquaient pour le Nouveau Monde. C'était le seul endroit qui convienne à des aventuriers de notre trempe. Nous avons cherché la salle, un peu tendus, dans un dédale d'escaliers et de coursives. En y entrant, nous nous sommes figés l'un et l'autre. Il m'a semblé entendre un soupir de soulagement.

– Comment ? j'ai fait.

– Tu disais ? il a répondu.

– Non, rien.

La salle *poltrone* numéro huit était climatisée, le sol recouvert d'une moquette bleue et les murs parés d'élégantes boiseries. Des fauteuils moelleux s'alignaient devant des écrans de télévision. Une lumière douce provenait de spots incrustés dans le plafond en myriades d'étoiles. Quelques passagers s'installaient, calmes et respectueux de la tranquillité des autres. Un steward allait et venait parmi eux. Nous étions en

première classe. La fille de l'agence nous y avait ins-
crits comme un fait entendu sans juger bon de nous
prévenir. Mon cricri suffoquait devant cet abus de
confiance.

– C'est un scandale, il a fait.

– Une honte, j'ai confirmé.

– Comment a-t-elle su qu'on était français ?

La question m'intriguait, je lui avais parlé anglais
pendant une demi-heure.

Nous sommes sortis à l'air libre pour calmer nos
nerfs. La salle donnait sur le *punto imbarco* où se trou-
vaient les canots de sauvetage, suspendus et bâchés
près du bastingage. La fille de l'agence remontait
dans mon estime. Elle nous avait choisi l'endroit le
plus stratégique. En cas de naufrage, les capitalistes
couleraient deux étages plus bas dans leurs cabines
individuelles, tandis que nous trouverions nos places
sur ces charmantes embarcations.

J'étais en train d'étudier le moyen d'y établir mon
couchage tout de suite quand un léger roulis a
commencé. Il était vingt-trois heures. Le ferry venait
de larguer les amarres. Je me suis penché par-dessus
le garde-corps. À l'avant, l'étrave fendait les flots
bouillonnants et noirs, laissant de côté un fossé profond d'écume. Quelques voyageurs se tenaient à la
poupe, silhouettes fantomatiques battues par le vent.
Le port, la ville, la côte, rapidement s'éloignaient.

Nous nous sommes assis à l'arrière sur un banc en
plastique. Mon cricri a allumé une cigarette.

– Chaque fois que je monte sur un bateau, je pense au *Mayflower*, a-t-il murmuré. À tous ces migrants qui ont quitté leur pays pour ne jamais revenir.

Sous nos yeux, Bari n'était déjà plus qu'une constellation de réverbères. Seule se distinguait encore la tour carrée du clocher, la pierre chaude et blonde de la vieille église qu'éclairait une batterie de projecteurs.

– Regarde un peu, a-t-il poursuivi en portant la cigarette à sa bouche. Regarde comme un départ de nuit peut rendre une ville magique. Dans quelques instants, il n'en restera que quelques points lumineux sur la côte. Puis elle sera engloutie par les ténèbres. Comme si elle n'avait jamais existé.

Il s'est arrêté de parler pour contempler le spectacle tout en tirant sur sa cigarette avec volupté.

– Et nous aussi, a-t-il repris. Nous aussi, ce sera comme si nous n'avions jamais existé. Si nous coulions en pleine mer, nous ne laisserions aucune trace.

J'ai été saisi d'une quinte de toux. J'avais la gorge sèche, une sensation d'oppression sur la poitrine.

– Bon, il a fait en se tapant sur les cuisses. Si on descendait ? L'air marin m'a donné soif.

Nous sommes entrés dans le bar. Le décor m'a laissé sans voix. Comptoir en marbre, tapisseries raffinées, fauteuils lie-de-vin. C'était d'un luxe inouï, terrifiant. On se serait cru à bord du *Titanic*.

Le service, lui, était d'une vulgarité terrestre qui, par contraste, rassurait. Il fallait payer d'avance à la caisse et présenter ensuite son ticket comme dans une cafétéria. Le caissier, un brun manucuré aux cheveux frisés et enduits de gel, s'adressait à la clientèle sans la regarder, une moue de dégoût sur les lèvres. J'ai pris une *birra italiana* pour rendre hommage au personnel de bord. Quand j'ai montré mon ticket au barman, il m'a toisé d'un air hostile, a poussé vers moi une canette et m'a tourné le dos sans dissimuler son mépris. J'étais fasciné. Il me rappelait nos bons vieux guichets français, la ressemblance était saisissante.

– J'ai peine à le croire, a fait mon cricri.

– Ah. Toi aussi, ça t'a frappé ?

– Ça joue les palaces et ça vous sert une bière en boîte sans même vous donner un verre, c'est une honte.

Il était furieux. Il n'aimait pas la sensation d'être pris pour un imbécile. Certes, le capitalisme international l'écœurait et il préférait voyager à la dure. Seulement, quand il entrait dans un palace, il appréciait d'être traité en magnat du pétrole. Il a fait un signe au barman et exigé un verre. L'autre est allé ranger des bouteilles, essuyer une table, servir cinq autres personnes. Enfin il est venu poser deux gobelets en plastique d'un coup sec sur le comptoir.

– Et voilà le travail, a fait mon cricri. Le loufiat est mouché. Tu vois, dans les voyages, le plus difficile, c'est de rester vigilant. Sinon, on perd vite tout savoir-vivre.

Puis il a écrasé son gobelet du plat de la main. Cela faisait dix minutes qu'il avait sifflé sa bière.

Nous nous sommes séparés sur le pont supérieur peu après minuit. Mon camarade préférait dormir sur un banc à la belle étoile. C'était une astuce qu'il tenait de ses nombreux voyages. L'été, sur un bateau, la température était toujours plus douce à l'extérieur que dans une salle climatisée. Il m'a suggéré de l'imiter et j'allais m'installer à mon tour quand je me suis aperçu que les bancs en plastique étaient humides et poisseux à cause des embruns.

– Je vais plutôt garder les bagages en bas, j'ai dit. Ça m'ennuie de les laisser sans surveillance.

– On peut tirer ça à pile ou face, si tu veux.

– Non, non. C'est ton idée, je ne veux pas en profiter à ta place. Ce ne serait pas juste.

J'ai fini d'essuyer mes mains gluantes de sel et j'ai regagné la salle *poltrone*. La lumière des plafonniers était tamisée, les téléviseurs fonctionnaient en sourdine. Dans la pénombre, je distinguais des corps pelotonnés sur le sol, des enfants blottis contre leurs parents. Les passagers s'étaient fabriqué des couchages de fortune avec leurs sacs de voyage, des couvertures, des vêtements roulés en boule. En guise d'oreillers, ils utilisaient les garnitures en mousse qu'ils avaient arrachées à l'armature des fauteuils.

Cette déprédation m'a choqué. Je me suis installé avec dignité en position assise. J'ai fermé les yeux, des bouchons de caoutchouc enfoncés dans les oreilles. Au bout d'une demi-heure, un bruit de ventilateur m'a tiré du sommeil. J'ai ôté mes bouchons. Le bruit de ventilateur s'est transformé en soufflerie de chaudière. J'ai cru un instant qu'il y avait une avarie dans la salle des machines et que nous étions en train de nous abîmer dans la mer Adriatique. Mais c'était un homme qui ronflait à pleine luette, la bouche grande ouverte, dans la rangée derrière la mienne.

J'ai migré vers une autre place. J'ai calé mon sac de voyage dans le sens vertical pour y appuyer ma tête. La somnolence est revenue. Vingt minutes plus tard, le sac a basculé et je suis parti à la renverse. J'ai regardé l'heure. Deux heures du matin. J'avais les yeux brûlants, des poids en suspension sous les paupières.

J'ai visé les autres passagers. Ils dormaient tous à poings fermés. Je me suis levé d'un bond, j'ai attrapé le dossier de mon fauteuil. Je l'ai arraché et balancé par terre. J'ai fait de même avec les cinq autres fauteuils de la rangée. J'ai enjambé trois types qui roupillaient et j'ai encore démonté deux dossiers. Je les ai écrasés à coups de talon pour m'en faire un oreiller ergonomique. Puis je me suis allongé sur mon matelas double épaisseur, enfin tranquille, soupirant d'aise.

Sur le coup de six heures, mon cricri a surgi, emmitouflé dans un col roulé et un blouson qu'il avait boutonné jusqu'au cou. Son dos et ses bras étaient blancs de sel.

– J'ai pas fermé l'œil de la nuit, il a fait, anéanti.

– Les embruns ? j'ai demandé, l'air navré en me mordant les lèvres.

– Les embruns, quels embruns ? il s'est étonné. Non, la température. Il faisait un froid de canard. En plein mois d'août, tu te rends compte ?

Il était scandalisé. Il s'est réchauffé les mains un moment devant le climatiseur. Ensuite, nous sommes montés sur le pont avec les autres passagers pour voir la terre apparaître. Une longue bande d'un gris bleuté qui plongeait en pente douce vers la mer. Nous atteignions enfin le pays des merveilles. À première vue, il avait l'air inoffensif.

Cinq

Nous sommes entrés au ralenti dans les eaux de Durrës, deuxième ville d'Albanie et premier port du pays. Aucun bateau n'y circulait à part le nôtre. Des chalutiers vétustes mouillaient en rade, comme abandonnés. Des grues jaunes et noires aux angles aigus étaient immobilisées dans des poses menaçantes. Nous attendions de voir les cargos. Il n'y avait pas de cargos. Nous attendions de voir les autres navires de fret. Il n'y avait pas d'autres navires de fret.

Soudain, le ferry s'est arrêté. Les passagers ont disparu dans le ventre du transbordeur. Son énorme porte à levis s'est ouverte et le déchargement des marchandises a commencé.

Nous sommes restés sur le pont, pétrifiés.

Sur le quai, les bâtiments de l'office portuaire se résumaient à un hangar dans lequel les voyageurs en file maigre se pressaient. Et au-delà, nos regards butaient sur une barre d'immeubles délabrés dont le revêtement gris s'écaillait. Du linge était accroché à la ferraille des balcons. Sur la route, les voitures ne passaient qu'une à une, lentement, sans concurrence. Il n'y avait aucun piéton en vue, nul visage aux fenêtres. Les seuls bruits perceptibles étaient ceux des camions qui s'échappaient en brinquebalant du ferry. La désolation de l'endroit était surnaturelle.

J'ai dégluti avec peine et extirpé de ma poche le téléphone portable que m'avait acheté ma femme. L'écran s'est éclairé. J'ai poussé un soupir de soulagement : il y avait un signal de bande passante. J'ai remercié Vodafone d'assurer le lien avec le reste de la planète.

J'ai envoyé un SMS à ma femme : « Traversée épouvantable sur rafiot sans fauteuils. Pays lugubre et détruit. Début prometteur. »

– Tout va bien ? a demandé mon cricri.

– Impeccable, j'ai fait. En pleine forme. Et toi, ça va ?

– Pareil, il a dit. Ça va être du tonnerre.

Il m'a adressé un pâle sourire. Il refermait le boîtier de son téléphone. Il venait d'envoyer un message à son papa.

Nous avons chargé nos sacs sur nos épaules et pris la direction de la réception pour récupérer nos passeports. Les coursives du ferry étaient désertes. Nous nous étions attardés sur le pont, tous les passagers avaient débarqué et l'équipage lui-même paraissait avoir fui.

– Tu es sûr que c'est par là ? je me suis inquiété.

Il marchait d'un pas décidé. Il poussait les portes, passait les écoutilles, virait d'un côté, de l'autre, s'engageait dans les couloirs, sans marquer d'hésitation.

— Sûr, il a fait. On a emprunté ce chemin hier soir.

Il détalait tel un lapin blanc, grimpait un escalier, sortait sur un pont, redescendait sur un autre, escaladait un nouvel escalier, à toute vitesse, comme s'il participait à une course d'orientation. Je trottinais derrière lui, le souffle court, en proie à un sentiment désagréable.

— Attends, j'ai dit. Il y a un problème. J'ai l'impression qu'on est déjà passés ici, il y a cinq minutes.

Il continuait de filer à fond de train.

— Ça ne te semble pas bizarre ? j'ai continué. On se croirait dans le triangle des Bermudes. Tu sais, ces bateaux retrouvés vides en pleine mer, avec le couvert sur les tables, des reliefs de repas dans les assiettes, des œufs au plat sur le feu…

Il a pilé net. Une expression douloureuse est venue sur son visage.

— Il faut que je mange, il a fait.

Son regard est devenu flou.

— Quelques toasts, des croissants. Du fromage et un peu de charcuterie. J'ai rien avalé depuis hier soir.

Il a jeté un coup d'œil à sa montre. Huit heures trente. Il s'est massé l'abdomen. Son corps pouvait le lâcher d'un instant à l'autre. Il ne voulait pas m'inquiéter, mais nous avions une épée de Damoclès suspendue au-dessus de nos têtes.

— O.K., j'ai fait. Alors, c'est par là.

Il m'a suivi sans faire d'histoire jusqu'à la réception. Le commissaire de bord, un Italien, nous a regardés arriver comme deux revenants du triangle des Bermudes. Je suis allé à sa rencontre, ému de revoir un visage humain. Je lui ai serré la main, j'ai failli lui donner l'accolade. Il m'a dit quelque chose que je n'ai pas compris. C'était bouleversant.

– La taxe, a fait mon cricri. La taxe d'entrée sur le territoire. C'est vingt euros.

Nous nous en sommes acquittés et avons quitté le ferry par le même escalier de service qu'au départ. À la douane, nos papiers ont été soumis au détecteur de faux documents. Un Albanais en uniforme m'a dit quelque chose que je n'ai pas compris davantage.

– Il veut savoir si tu viens pour affaires.

J'ai regardé mon camarade, impressionné.

– Tu comprends l'albanais ?

– C'est de l'italien.

Je me suis retourné vers le douanier en me composant une expression de connivence.

– Je viens en ami, j'ai dit. Pour visiter. *Tourismo. Holidays.*

Il m'a jeté un regard glacial. Il a marmonné quelques mots en secouant la tête et imprimé son cachet sur mon passeport. Il me l'a rendu, le visage fermé.

– Merci, mon ami, j'ai fait. Votre accueil me touche au plus profond. Je garderai à jamais votre souvenir dans le secret de mon cœur.

Il ne pouvait comprendre la signification exacte de mes paroles. Je savais néanmoins qu'il en percevait le sens général. Les premiers contacts avec la population locale me semblaient déterminants.

Au-delà de l'enceinte portuaire, nous avons découvert une rangée de cahutes surmontées d'enseignes d'agences maritimes. De pauvres stands en tôle à mi-chemin entre la baraque à frites et la caravane aménagée. Une foule disparate piétinait sur le goudron défoncé. Un homme nous a abordés avec quelques mots de bienvenue dans un anglais approximatif. Je lui ai souri, soulagé par cette manifestation d'hospitalité. Mon cricri m'a retenu par la manche.

– Il veut nous embarquer. Taxi pourri, coup de bambou à l'arrivée. Allez, viens, tirons-nous d'ici.

Les gens se sont mis à nous héler. Une Tsigane s'est jetée en travers de notre chemin. La face brune en pelure d'orange, la bouche édentée, elle tendait vers nous ses bras décharnés. Une autre a surgi avec un bébé dans les bras. Les jambes nues et sales de l'enfant pendaient contre ses flancs. Nous avons pris la fuite sur des trottoirs disloqués envahis par les flaques.

Un petit bohémien nous a poursuivis et s'est accroché au blouson de mon cricri. Celui-ci a allongé le pas. Le gamin ne l'a pas lâché. Nous avons bifurqué dans une rue. Le gamin a tiré plus fort. Mon cricri a tenté de se dégager, cependant le mioche avait assuré sa prise.

– Fais comme si tu ne le remarquais pas, m'a-t-il conseillé.

Mais ce n'était pas après moi que le gosse en voulait. Il se laissait remorquer par mon camarade qui refusait de faiblir.

– Ne t'arrête pas, il a insisté. Sinon, t'es foutu.

J'ai haussé un sourcil. Mon blouson ne subissait aucune contrainte. Je ne voyais pas en quoi cela me concernait.

– Surtout, ne t'arrête pas, il répétait. Ne fais pas cette erreur.

Soudain, le gamin s'est mis à pousser des cris déchirants qui ont retenti dans toute la rue. Mon cricri a pilé net.

– Maintenant, ça suffit, il a fait. Allez, ouste, fiche le camp.

Les beuglements du mioche ont redoublé. Il suppliait, les mains jointes devant le visage.

– Fais quelque chose, j'ai dit. On va avoir des ennuis.

Je commençais à jeter des regards inquiets alentour. Pour l'instant, il n'y avait personne, mais ces jérémiades n'allaient pas tarder à rameuter du monde.

Mon cricri a sorti son porte-monnaie.

– Tu es trop faible, il a soupiré. Tu te feras toujours avoir.

Le gosse a gueulé deux fois plus fort en lorgnant ses euros. À cet instant, un passant s'est arrêté pour enguirlander le mioche et celui-ci a décampé tel un moineau effarouché. L'homme nous a salués avec dignité et s'est éloigné d'un pas rapide.

– Tu vois, a fait mon cricri. Qu'est-ce que je te disais ? Le problème avec toi, c'est que tu manques d'autorité.

Nous nous sommes remis en marche dans un quartier à l'abandon où le bitume se désagrégeait, où les façades exténuées semblaient tenir aux fils électriques. L'enseigne d'une banque a retenu notre attention. Ses portes étaient closes, la vitrine ne mentionnait pas les horaires d'ouverture. J'ai sorti ma carte bancaire devant le guichet automatique.

Mon cricri m'a jeté un coup d'œil amusé.

– C'est tout ce que tu as ?

– Tout ce que j'ai ? C'est-à-dire ?

– Ta carte. Tu n'as que celle-là ?

Je l'ai examinée. Une Eurocard Mastercard. Je l'ai retournée, dans un sens, dans l'autre. La date de validité était bonne. Elle portait mon nom, ma signature. Je connaissais le code par cœur.

– Oui. Pourquoi, ça ne va pas ?

Il a souri. C'était dommage, il n'y avait pas pensé. S'il l'avait su plus tôt, il aurait pu me mettre en garde.

– Qu'est-ce qu'il y a ? C'est dangereux ?

Un objet de convoitise, je me disais. Dans un pays pareil, l'assurance de se faire trouer la peau tôt ou tard. Je considérais soudain ma carte d'un œil neuf. J'étais à deux doigts de la jeter dans le caniveau. Mon cricri cependant m'a tranquillisé. Une petite carte comme ça, ce n'était pas dangereux, seulement inefficace. Quand on partait loin, il valait mieux prendre ses précautions.

– Ah bon ? j'ai fait. D'habitude, elle marche très bien.

Je l'ai introduite dans la fente et j'ai tapé mon numéro à quatre chiffres. L'écran a affiché un message d'erreur. J'ai renouvelé l'opération sans davantage de succès. Mon cricri a eu le triomphe modeste. Il a posé sa main sur mon bras.

– Attends, il a dit. Tu vas voir. Je ne connais pas l'Albanie. Mais j'ai un peu voyagé. Ce genre de pays, je sais ce que c'est.

Il a sorti son American Express Super Gold. La machine l'a avalée. Il a pianoté sur le clavier et attendu quelques secondes en sifflotant. La machine a produit un bruit de fusibles fatigués et recraché sa carte avec un hoquet. Mon cricri a contracté ses maxillaires.

– Ce doit être le guichet, il a dit. Allons voir à côté.

Il y avait un autre bankomat à quelques pas. Le distributeur de billets a manifesté la même réticence et refusé nos cartes. Mon cricri a tourné vers moi un regard consterné.

– Qu'est-ce que c'est que ce pays ? il a fait.

Nous avons essayé deux autres appareils dans les environs. En vain. Il était rouge de colère.

– Jamais vu ça, il disait.

Un tic nerveux agitait le coin de sa bouche.

– De ma vie, jamais, il répétait. Jamais, jamais.

J'étais de plus en plus inquiet. Les guichets automatiques ne fonctionnaient pas. Nous étions samedi, il était dix heures du matin et il fallait se rendre à l'évidence : les banques étaient fermées jusqu'au lundi. Or, nous n'avions pas de leks, aucun moyen de subsister pendant deux jours et mon cricri n'avait toujours pas mangé. Je l'observais à la dérobée. Un pli soucieux, de mauvais augure, se creusait entre ses sourcils. Quelques instants encore et nous n'allions plus répondre de rien.

Six

C'était le seul bureau de change de la ville, nous étions tombés dessus par hasard. Grâce aux euros retirés à Bari, nous avons pu obtenir quelques leks. La somme ne suffirait pas pour la semaine, mais nous allions rejoindre Tirana par le premier autocar et, dans la capitale, nous trouverions à coup sûr un distributeur en état de marche. J'avais hâte de quitter le port de Durrës, un endroit lugubre dont j'étais certain d'avoir goûté le meilleur côté. La nuit, quand les bas-fonds remontent à la surface, il devait prendre des allures de cauchemar.

Nous marchions depuis deux minutes quand mon cricri a ouvert son blouson et glissé sa main entre deux boutonnières.

– Au premier bistrot, on s'arrête, il a grimacé.

Je me suis immobilisé. J'ai vérifié que personne ne nous observait, j'ai plongé mon regard dans le sien.

– Fais un effort, j'ai dit. Ça doit pouvoir attendre un peu.

– Il faut que je mange, il a rappelé.

J'ai dû insister à voix basse :

– Plutôt à Tirana si tu veux bien. Les liaisons n'ont pas l'air formidables. Il s'agirait pas de louper le car.

– Mais pourquoi ? il a crié. On est bourrés de leks !

J'ai frémi des pieds à la tête. J'ai jeté un coup d'œil de côté. Nous étions encore dans le quartier portuaire, il y avait des types louches partout.

– Je te dis qu'il faut se ti-rer-d'i-ci, j'ai scandé, les mâchoires serrées, en appuyant sur les derniers mots.

Je l'ai entraîné par le bras et comme il se décomposait, je lui ai envoyé une petite tape dans le dos.

– À Tirana, je te promets, ça va être énorme. Une capitale, tu imagines les ressources gastronomiques ?

La station des bus occupait une place en terre battue, ornée de palmiers, de platanes et d'oliviers. Chaque autocar possédait une pancarte, souvent manuscrite, pour annoncer sa destination : Fier, Berat, Elbasan, des noms aux sonorités musicales qui donnaient envie de chanter.

Les véhicules eux-mêmes étaient charmants, d'une diversité plaisante qui flattait l'œil. Les uns sobres, les autres colorés, quelques-uns poussifs, la plupart flambant neufs, aussi frais que le jour de leur naissance, probablement dans les années soixante. Ils se rangeaient en files, en épis, n'importe où, avec une liberté et une fantaisie réjouissantes. L'un d'eux manœuvrait, guidé par les cris et les gesticulations de la foule.

On ne distinguait pas de personnel officiel. Seulement des badauds, quelques marchands ambulants, des voyageurs qui palabraient et des chauffeurs qui venaient faire un tour avec leur bus, histoire de voir s'il y avait des gens à embarquer. La question des horaires ne paraissait pas se poser. Ça partait quand ça pouvait. Selon l'humeur du conducteur, quand les passagers voulaient monter, si le moteur acceptait de démarrer. C'était un joyeux bordel.

– Tu es surpris, c'est normal, a commenté mon cricri. N'oublie pas que nous sommes français. Nous savons d'instinct ce que signifient les mots ordre, obéissance, punition.

Il a fait un signe pour désigner la foule.

– Songe un peu que ces gars-là sortent à peine de cinquante ans de communisme.

J'ai observé ce petit peuple, gai, volubile, cette oasis de poésie et de vie chaleureuse. Je tombais des nues.

– Vise un peu, je disais. Le marchand de bananes, il monte dans le car pour les vendre à la criée ! Et le type-là, avec son pousse-pousse, qu'est-ce qu'il fait avec son bidon ? Bon sang ! Il vend de l'essence à l'entonnoir ! Il a dû l'acheter dans une station-service et il organise son petit commerce tout seul. Et là ! Regarde ! Non, mais regarde ! Ahurissant !

Je poussais mon cricri du coude. Il ne partageait pas mon étonnement. L'expérience des voyages lui procurait un détachement qui invitait plutôt au calme et à la réflexion.

– Qu'y a-t-il ? a-t-il demandé.
– Le chauffeur dans le bus.

– Oui, et alors ?

– Il fume.

– Eh bien ? C'est son car et il est seul.

– Mais ça va pas, j'ai fait. C'est pas possible. C'est rigoureusement interdit.

Mon cricri m'a considéré avec un sourire indulgent.

– Tu raisonnes en démocrate, il a dit. En homme habitué à ne rien décider par lui-même. Pourquoi voudrais-tu que des types qui ont connu le stalinisme se comportent du jour au lendemain en citoyens de l'Union européenne ?

Il avait raison. J'avais un problème d'acclimatation. Il fallait que je me coule dans l'ambiance.

– File-moi une clope, j'ai fait. Et allons boire et manger. Un petit déjeuner pantagruélique. Muesli, compote, sésame, biscuits, lait de soja, jus d'orange. C'est toi qui es dans le vrai. J'ai faim, ça devient intolérable.

Il m'a jaugé une seconde.

– Et le car ? il a demandé.

– Il attendra. Les fonctions vitales d'abord.

Il a hoché la tête d'un air grave. Il approuvait ma décision. Nous sommes entrés dans un bistrot en bordure de la place. Nos sacs sont partis à la volée entre les chaises, deux joyeux boulets de mortier lourd. Nous nous sommes installés à une table et avons commencé à rire et à parler fort avec des gestes exubérants. L'Albanie finalement, on s'en faisait une montagne, mais ça n'était pas si compliqué. Il suffisait de se couler dans l'ambiance.

– *Mirëdita*, a fait le bistrotier.

Nous nous sommes regardés.

– Qu'est-ce qu'il veut ?

– Je sais pas. Vous dites ?

– *Çfárë dëshiróni.*

Une lueur d'inquiétude est passée dans nos yeux. Mon cricri s'est lancé dans des travaux d'approche en espagnol. *Naranja*, il a fait. Le type n'a pas compris. Je me suis jeté à l'eau en anglais. *Orange juice.* Il n'a pas saisi davantage.

– *Çfárë dëshiróni*, il a répété en écartant les bras.

Il portait les cheveux frisottés et une grosse moustache à la Saddam Hussein. Nous avons réprimé un fou rire. C'étaient les nerfs. Nous allions mourir d'inanition en Albanie, les poches pleines de leks, faute d'avoir su nous faire comprendre. Le bistrotier est allé chercher la carte. Une feuille de papier crasseux où deux mots étaient griffonnés au stylo à bille à côté d'indications de prix : *raki* et *káfe.*

– C'est tout ? a fait mon cricri. Dis-moi que je rêve, c'est pas possible. Qu'est-ce qu'il a fait du reste ?

Il y avait comme un vertige dans son regard.

– C'est pas possible, il a répété.

– Il faut faire quelque chose, j'ai convenu. Attends, il doit y avoir un moyen d'engager le dialogue.

J'ai mimé la plantation d'un arbuste dans une orangeraie de Tel-Aviv. La lente éclosion des bourgeons, le mûrissement des fruits, puis la récolte, le pressage, la récupération du jus, le conditionnement en boîte de un litre et pour finir le bénéfice que l'on peut tirer à boire le matin une boisson avec pulpe garantie en vitamines quand on débarque en pays inconnu après une nuit pourrie sur un rafiot contestable.

Le type m'a fixé avec les yeux ronds.

– Rien à faire, j'ai dit. Il est borné. Veut rien comprendre.

– T'aurais pas dû parler de Tel-Aviv, s'est plaint mon cricri. C'est en majorité musulman ici.

– Tu crois que je dois recommencer avec une orangeraie de Marrakech ?

Cependant c'était inutile. Mon cricri est champion de Pictionnary. Il a dessiné une orange. Le type s'est frappé le front, radieux, sous le coup d'une illumination.

– *Lëng frútash !* il a fait. Ah ah ah !

Il souriait de toutes les dents qui lui manquaient. Sa moustache prenait son envol. Nous avons ri nous aussi. *Leung frrroutach*, mais c'est bien sûr. Tout s'arrangeait. Ah ah ah. Seulement, le sourire s'est évanoui sur le visage du patron et sa moustache est retombée. Il s'est composé une mine désolée. Il n'avait pas de jus d'orange. Ni d'ailleurs d'autres jus de fruits. Et pas plus de lait, de thé, de chocolat, de soda, de bière ou de rien. Quant à manger, il ne fallait pas y compter. J'observais les traits de mon cricri. Je voyais toute perspective de santé sombrer dans ses yeux comme dans un chapeau d'illusionniste. La convalescence promise s'échappait d'un coup avec les croissants, les toasts, le beurre, la confiture, le fromage, les œufs, la charcuterie, que son organisme à bout de forces réclamait.

— Et le raki, qu'est-ce que c'est ? j'ai demandé.

— De l'alcool.

Nous avons pris du café. Le patron nous a servi un jus noir dans des tasses minuscules à côté desquelles il a posé deux verres d'eau claire.

— Touche surtout pas à l'eau ! a crié mon cricri.

J'ai sursauté et retiré mes mains de la table. Il avait le visage bouleversé.

— Qu'est-ce que c'est ? ai-je crié à mon tour.

J'avais peur. L'Albanie, la vendetta, le *kanun*, la réalité balkanique pure et froide se précipitait à nouveau sous mon crâne en hurlant.

— L'eau n'est pas saine, il a dit. S'il y a une bactérie, t'es foutu. Le truc s'introduit en toi, te ravage les entrailles. En l'espace de deux heures, tu es cuit. Une torture atroce, tu ne peux pas imaginer.

Son regard était braqué sur les verres comme habité par une vision d'horreur. Il leur passait à travers pour se perdre dans le lointain, dans l'indicible.

Nous n'avons pas touché à l'eau et nous nous sommes contentés d'endurer le café en silence. Brutal et amer, il entrait directement en lutte avec les sucs digestifs. Et la lutte était inégale : la salive était dissoute au premier contact. Il ne restait sur les papilles que des bulles effervescentes de caféine à saveur de carbone et de soude. Par chance, la faible contenance des tasses volait au secours des amateurs. L'épreuve ne se produisait qu'une fois. En une gorgée, c'était réglé.

Une voix rauque est venue nous enjôler de l'extérieur. Tiraaana ! Tiraaana ! Le chauffeur du car racolait les voyageurs. Nous l'avons rejoint en traînant les pieds et sommes montés à bord d'un vieux bus Mercedes Benz blanc et jaune. Nous y avons encore attendu vingt minutes. Le chauffeur se refusait à démarrer avant d'avoir son content de passagers. Tiraaana ! Tiraaana ! La radio diffusait une soupe italienne coupée de variété anglo-saxonne. Nous patientions avec le reste du troupeau, des gens aimables à l'air soumis. Sans doute aussi affamés, anémiés et exténués que nous, ils n'avaient plus la force de se révolter.

Au moment où le car s'ébranlait, le refrain d'un classique du rock des années soixante a retenti dans les haut-parleurs. J'ai donné un coup de coude dans les côtes de mon cricri.

– Tu entends. Les Kinks. Ils aiment le rock ici aussi. Ils n'en sont qu'à l'année 1964, tu te rends compte ? Quels veinards ! Tu imagines tout ce qui leur reste à découvrir !

Mon cricri a levé vers moi des yeux ravagés par la douleur. Cette vision m'a calmé. Je me suis souvenu de nos estomacs vides et le texte des Kinks s'est détaché de la musique pour atteindre une intensité dramatique exceptionnelle. *You really got me ! You really got me !* entonnait la voix de Ray Davies, le chanteur.

Nous n'avons plus échangé un mot jusqu'à la fin du trajet. Mon cricri luttait contre les crampes, je regardais par la fenêtre. Le décor était étonnant. On aurait dit un pays en guerre. Les habitations dépourvues de toiture s'achevaient sur une dalle de béton d'où émergeaient des moignons de poutrelles et des tiges de ferraille. Des escaliers extérieurs s'arrêtaient dans le vide, comme détruits au niveau de l'étage manquant. Les façades elles-mêmes n'étaient pas terminées et ne possédaient souvent ni enduit ni ornements. La vie, toute la vie, s'organisait ici dans le précaire et le provisoire.

Lorsque le car s'est engagé sur l'autoroute, j'ai cherché une échappatoire dans le spectacle de la nature. À l'horizon, les forêts basses, touffues, gorgées d'eau, moutonnaient tristement sur des contreforts montagneux sans grandeur. À un moment, j'ai remarqué un panneau publicitaire sur le bord de la route. Un footballeur vedette de l'équipe nationale y exposait un visage vulgaire et resplendissant. En des termes albanais mais universels, il expliquait que « son secret, c'était la bière Norga ». Il en brandissait avec fierté une canette dans sa tenue, elle aussi universelle, de galopeur des stades.

– Tu as vu, mon cricri, j'ai fait. Ici, les sportifs, ils…

J'ai failli lui envoyer un coup de coude, mais je me suis aperçu qu'il dormait, recru de souffrance. Je suis resté seul avec le paysage albanais. Ça va s'arranger, je me disais en contemplant ces ruines que des gens avaient construites. Ça va s'arranger, le pays doit concentrer tous ses charmes dans la capitale. Tirana, j'en étais sûr, serait une fête des sens, une explosion de saveurs, de couleurs et d'odeurs. Sans parler de l'architecture, des monuments, des endroits pittoresques. Oui, Tirana allait être un choc. Et, en effet, la capitale a surgi comme une révélation. L'explosion, le choc, les saveurs, tout nous y attendait. Ça ne pouvait pas être pire.

Sept

Je m'agrippais au siège de devant pour contrer les secousses. Le car avançait au pas, contournait une crevasse, tombait dans un trou de marmite, descendait d'une roue dans une ornière, regagnait d'une autre le niveau de la route. Les amortisseurs poussaient des criaillements d'agonie. À chaque affaissement de la machine, nous nous demandions si la direction n'allait pas se briser. Lorsqu'un cahot plus violent m'a précipité contre l'épaule de mon cricri, je n'ai pu retenir davantage mon indignation :

– Ah merde, ils viennent de subir une attaque aérienne ou quoi ?

Il n'y avait pas de bitume et il ne subsistait des trottoirs que de lamentables vestiges en alternance avec des monticules de gravats. Nous étions dans la rruga Asim Vokshi, une des grandes artères de Tirana aux abords du centre-ville.

– Grands travaux, a fait mon cricri. Programme de reconstruction. On réhabilite le quartier.

– T'es sûr ?

J'avais beau scruter les environs, je ne voyais ni rouleaux compresseurs, ni pelles mécaniques, ni cabanes de chantier.

– Nous sommes dans le tiers-monde, il a poursuivi. La capitale sert de vitrine. Le pouvoir a tout intérêt à ce qu'elle soit impeccable pour les étrangers. Ce sont des travaux d'amélioration, fais-moi confiance. Si nous étions arrivés un mois plus tard, nous descendions les Champs-Élysées.

Je hochais la tête en observant les façades en parpaings orange et gris. Les immeubles, couverts d'antennes paraboliques et de climatiseurs, formaient de gros blocs délabrés datant des années cinquante. La plupart des balcons étaient murés, il y avait du linge aux fenêtres et des décharges d'ordures au pied des bâtiments. Les Champs-Élysées albanais étaient défoncés d'un bout à l'autre.

Soudain le car s'est arrêté au milieu de la voie et les passagers sont descendus comme un seul homme.

– Qu'est-ce qu'ils font ? j'ai demandé.

– Je ne sais pas, ils fichent le camp, c'est bizarre.

– Il y a peut-être une alerte ?

J'ai levé les yeux au ciel. Le plafond nuageux était dense et ventru, d'un blanc laiteux marbré de gris. Il n'y avait pas de raid aérien en vue.

– L'Albanie n'est pas en guerre, a fait mon cricri.

J'ai trouvé l'argument plutôt faible.

– Souviens-toi de Pearl Harbor, j'ai dit.

Il m'arrivait de devoir rappeler certaines évidences à mon camarade.

– L'Albanie n'a pas d'ennemis, il a insisté.

– Peut-être, mais ses alliés la détestent.

Le chauffeur est venu interrompre notre contro-verse. Nous étions seuls dans l'autocar. C'était le terminus. Il n'irait pas plus loin. Qu'est-ce qu'on attendait pour débarrasser le plancher ?

Dès que nous sommes sortis, la façade en verre fumé de la National Bank of Shqipëri nous a sauté aux yeux. *Welcome in Albania*, a affiché l'écran du bankomat quand j'ai introduit ma carte. J'ai soupiré d'aise. L'ordinateur a enregistré mon code et une grosse liasse de billets a glissé vers moi dans un souffle. *Good Bye*, a fait la machine quand la transaction a été terminée. J'étais ravi de cette conversation.

– Étonnant, a dit mon cricri. Tu vois, je n'aurais pas cru.

Brave petite Eurocard Mastercard, je pensais. Je l'ai rangée avec amour dans mon portefeuille. Mon cricri a sorti la sienne et l'a enfournée dans le distributeur. Son avalement a provoqué une série de gargouillis. Il a tapé son numéro. L'engin a émis un nouveau bruit digestif. Puis l'écran a affiché *Invalid credit card – Access denied* et la machine lui a restitué son American Express Super Gold dans un formidable rot électronique.

– C'est quoi, cette blague ! il s'est exclamé. Elle est valable ! Je suis tout de même bien placé pour le savoir !

Il s'est retourné et m'a pris à témoin.

– On me l'a délivrée la semaine dernière !

Il a essayé encore. Il était dans son droit, il ne voulait pas en démordre. Carte invalide, a répété la machine. Mon cricri suffoquait :

– Inouï ! Une American Express Super Gold, jamais vu ça.

Sa carte était trop sophistiquée. C'était comme s'il avait essayé de lire un CD-Rom sur le gramophone de sa grand-mère. L'ordinateur de la banque préférait déclarer forfait, effrayé par la complexité de sa puce électronique. Je me suis avancé avec ma petite Eurocard Mastercard, j'ai demandé une somme équivalente à celle que j'avais déjà retirée et la lui ai remise sans cérémonie.

– Tu me rembourseras au retour, j'ai dit.

Je sentais en lui un rayonnement d'amertume. Il tournait et retournait sa carte entre ses doigts comme s'il cherchait l'interrupteur on/off qui allait résoudre son problème.

– Bon, allons à l'hôtel, a-t-il fini par lâcher.

J'avais trouvé l'adresse d'un établissement acceptable sur un forum de voyageurs. Seulement, nous ne disposions que d'un plan très sommaire et il n'y avait ni panneaux indicateurs ni plaques signalant le nom des rues. Par chance, mon cricri possédait un sixième sens.

– Je sens que c'est par là, il a fait.

Il montrait la rruga Asim Vokshi que nous venions de longer à bord du car. Je l'ai regardé avec un mauvais pressentiment.

– Fais-moi confiance, il a ajouté, c'est l'affaire de cinq minutes. Le premier arrivé à l'hôtel met à sac les cuisines !

Il s'est mis à courir. Je me suis lancé à sa poursuite. Une foule de petites gens, de vieillards déjetés, misérables, d'hommes et de femmes entre deux âges, ratatinés et cuits, papotaient sur les trottoirs. De pauvres marchandises étaient étalées sur des couvertures, suspendues à des tringles, devant des réduits sans vitrine, le long de murs rongés. La monotonie de ces maigres alignements n'était rompue que par un terrain vague, un immeuble démoli, une carcasse de voiture. Au bout d'une heure de marche forcée, j'ai fini par émettre un doute.

– Tu es bien sûr que nous allons vers le centre ?

Mon cricri s'est interrompu, l'air offensé.

– Ça me paraît découler du plan. Mais si tu es inquiet, on peut rebrousser chemin…

– Moi, inquiet ? Inquiet, c'est la meilleure. Continuons, je sens que c'est par là.

Cependant nous étions bel et bien perdus. Nous errions dans des ruelles, le ventre creux, les pieds en feu, les épaules en compote. Dans une impasse, nous avons aperçu l'enseigne d'un hôtel qui avait des allures de station d'abattage. Je suis allé voir de plus près, un type a surgi sur le seuil. Les cheveux gras plaqués sur le crâne, il m'a apostrophé, la gueule fendue d'un rictus de caïman où perçaient deux dents en or.

– *English ?* il a fait. *Rooms cheap. Come, come.*

Il me faisait signe d'approcher. J'ai fait un écart de sept mètres. Je bafouillais, navré, que je ne parlais pas sa langue.

– *Cheap, come, come*, répétait-il dans mon dos.

Je détalai, un sourire laqué sur les lèvres.

– Qu'est-ce qu'il voulait ? a demandé mon cricri.

– Rien, rien, j'ai fait. Un peu de conversation anglaise. La pluie, le beau temps. Marche plus vite, il est derrière.

J'ai glissé une main dans ma poche à la recherche d'une tablette de magnolia. L'écorce de magnolia est riche en honokiol et en magnoliol, deux substances qui, selon mon homéopathe, atténuent les effets du syndrome du noyau de prune. J'en ai avalé avec discrétion deux gélules.

Enfin nous avons débouché sur une grande artère où un flic réglait la circulation. Plus exactement, il gueulait tant qu'il pouvait et les automobilistes n'en avaient cure. Ils refusaient les priorités, fonçaient aux feux rouges, se ruaient en klaxonnant sur les enfants et les femmes enceintes. Nullement découragé, le flic continuait de lancer des invectives, de proférer des menaces, de s'époumoner dans son sifflet. Il voulait participer au foutoir comme les autres.

– Je sens que ce gars-là va pouvoir nous renseigner, a dit mon cricri.

Je l'ai vu s'approcher du flic d'une démarche tranquille. Le visage de l'agent, d'abord obtus, s'est fendu d'un large sourire. Ils se sont mis à converser à bâtons rompus en se tapant sur les épaules. Incroyable, je me disais. Il a réussi à se faire comprendre. Ils parlaient et parlaient. Le flic donnait des indications. Mon cri-cri écoutait en hochant la tête. Il mémorisait les renseignements au fur et à mesure sans en perdre une miette, ça n'en finissait pas.

Il m'a rejoint avec le pas apaisé du contribuable qui vient de glisser une pièce dans un horodateur.

– Il faut prendre en face, il a fait. On laisse la place Sulejman Pasha, on tourne à gauche, puis on tombe sur un léger décrochage, une esplanade en forme de trapèze rectangle. On prend pas la première, mais la deuxième ruelle de la fourche. Après le marché aux agrumes, on bifurque à droite jusqu'à la clinique dentaire, puis à gauche et dès qu'on voit le buraliste, il faut prendre l'escalier et c'est à cent cinquante mètres après le garage, au fond de la cour.

Je l'ai regardé, médusé. Il n'a rien ajouté, a chargé son sac sur ses épaules. Dès qu'il s'est engagé sur le goudron, une voiture a accéléré et tenté de le renverser.

– Tu viens ? il a crié. Encore un petit effort, on y est presque !

– Attends, j'ai fait en traversant à mon tour.

Une deuxième voiture a essayé de m'accrocher par-derrière en se déportant sur la gauche.

– Ne me dis pas que tu lui as parlé en albanais !

J'étais au milieu de la rue. Il avait gagné le trottoir d'en face.

– En albanais ? il a crié, la main en porte-voix. Pourquoi en albanais ? J'ai parlé en espagnol comme d'habitude.

Je me suis lancé pour le rattraper, mais me suis figé en plein mouvement. Le déplacement d'air provoqué par une fourgonnette m'a balayé le visage.

– Ce flic parlait espagnol ? j'ai demandé, ébahi, en posant le pied sur le trottoir.

Il m'avait tendu la main pour m'aider à monter.

– Espagnol ? Pas du tout. C'est un dingue de foot, il supporte l'équipe de Barcelone. On a passé dix minutes à se jeter les noms des joueurs à la figure. Tu devrais t'intéresser un peu plus au sport, mon cher. C'est un langage international. Allez, viens maintenant, il faut que je mange.

Il m'a tourné le dos et s'est mis à galoper en direction de l'hôtel. Je lui ai emboîté le pas, un peu sonné.

– Mais comment, j'ai balbutié. Comment t'as fait pour comprendre ses explications ?

– Les explications ? il a demandé.

Il avait l'air surpris, mais pas trop. Il continuait de courir. Je trottinais à son côté, la sueur au front.

– Ah oui, les explications… Rien compris à ce qu'il a dit. Rien. Pas un mot. Me demande pas de piger l'albanais, c'est une langue extraterrestre.

Je me suis retourné. J'ai regardé la place Sulejman Pasha que nous venions de laisser à cent mètres. J'ai regardé devant nous. J'ai regardé ma montre.

– Et l'hôtel ? j'ai fait. Qu'est-ce qui te dit que c'est par là ?

– Ses mains, il a répondu. J'ai regardé ses mains. Tu devrais faire davantage attention. Ça aussi, c'est international.

Huit

À l'hôtel Ambassador, la réceptionniste était anglo-
phone. J'ai laissé mon cricri passer devant, parce que
j'avais un caillou dans la chaussure, et il s'en est plutôt bien tiré. Il a demandé une chambre avec deux
lits. La fille a appelé le patron. Celui-ci a échangé
quelques mots avec elle en nous jetant des regards en
biais. La fille a lancé un prix. Cinq mille leks.

— Qu'est-ce qu'elle a dit ?

— Cinq mille, a traduit mon cricri. Un peu cher
compte tenu des prestations. Enfin, vu l'heure, pour
moi, ça ira. Mais toi, tu veux peut-être négocier ?

Il s'est effacé pour me laisser accéder au comptoir.

— Payons, j'ai fait. Tu n'en peux plus, il faut que tu
te poses.

Nous avons monté nos affaires dans la chambre.
Simple et propre, elle respirait l'ordre et le confort
bourgeois. Je me sentais renaître. J'ai ouvert la fenêtre pour prendre un bol d'air. Une baraque en tôle
occupait l'arrière-cour. Ses murs de guingois tenaient
avec des cales, ses plaques rouillées ne jointaient pas.

Il y avait du linge suspendu à la lucarne, de la ferraille entassée sur le seuil et une odeur de cuisine s'échappait d'un conduit d'évacuation.

J'ai suggéré d'aller nous dégourdir les jambes. Il était quinze heures, l'hôtel n'avait pas de restaurant et nos estomacs criaient famine. Dehors, un large choix s'offrait à nous. En Albanie, si quelqu'un ne va pas au café, c'est qu'il en tient un. En conséquence, les bistrots se touchent et ne sont jamais pleins ni déserts.

Quant au maître mot, c'est byrek. Un terme magique, incantatoire. Nous le lisions partout depuis notre arrivée, à tous les coins de rue. Byrek. Sur les vitrines, les portes vitrées, les menus, les enseignes, les pancartes et même peint au pinceau sur les façades. Byrek, byrek. Les gens d'ici ne pensaient qu'à ça, au byrek, aucun gargotier n'aurait pu concevoir de ne pas s'en réclamer, du byrek, il suffisait de l'annoncer sur la devanture, le byrek, et aussitôt, c'était le succès, la salle comble, la ruée vers le byrek.

– Tu as vu, je faisais. Encore du byrek.

Le mot était universel, il figurait partout, c'était fascinant. Il cristallisait à lui seul l'ailleurs, l'esprit du voyage, le rêve et notre basculement tout entier dans le pays des merveilles. Je me le murmurais à voix basse pour tenter d'en percer le secret. By-rek. Je ne me lassais pas de le prononcer. C'était mystérieux. C'était beau.

– Et du byrek, je disais. Un festival de byrek.

L'emprise que le byrek exerçait sur les Albanais commençait à me gagner. En quelques heures à peine, le temps pour nous de marcher vers hôtel, j'étais tombé sous sa coupe. Je ne pensais plus qu'à lui, au byrek. C'était du viol psychologique, du lavage de cerveau.

– Mais ça veut dire quoi, en fait, le byrek ? j'ai demandé.

– Sais pas, a tranché mon cricri. À mon avis, ça se mange.

Il fixait, hypnotisé, une vitrine qui surclassait toutes les autres. Le mot byrek resplendissait sur la vitre, peint en lettres géantes. Les caractères, aussi hauts que la porte, n'étaient pas impeccablement dessinés et la peinture jaune avait dégouliné par endroits, mais la puissance du byrek ainsi porté aux dimensions d'un mur de Babylone invitait au respect. J'étais moi aussi prêt à m'incliner. Un engagement si total au service du byrek ne pouvait être l'œuvre d'un imposteur.

Nous avons décidé qu'il ne pouvait s'agir que du plat national et que ce mastroquet en était un éminent spécialiste. Nous avons poussé la porte et nous sommes installés à une table, l'eau à la bouche.

Il ne faisait pas de doute pour moi que l'essentiel de la cuisine locale était mitonné à partir de produits naturels qui n'iraient pas à l'encontre de mes convictions végétariennes. À soixante pour cent, les Albanais sont musulmans. Il était inimaginable qu'ils aient jeté leur dévolu sur des spécialités charcutières ou chimiques ou sur quoi que ce soit d'autre susceptible de porter atteinte à leur religion et à mes organes. En conséquence, je me préparais à dédier mon séjour au byrek. J'allais même en faire une orgie.

– *Byrek, no*, a fait le patron en hochant la tête.

– Qu'est-ce qu'il a dit ? j'ai demandé.

– Chais pas, il dit non tout en acquiesçant, c'est curieux.

Nous avons insisté, répété à plusieurs reprises le mot magique en variant l'intonation. Byrek ? C'était peut-être une question de prononciation. Hélas, c'était peine perdue. Le patron était d'accord, il disait oui de la tête. Cependant il refusait de nous servir.

– Il essaie de nous faire comprendre quelque chose.

– Il a du byrek, a confirmé mon cricri. Il en a, mais il n'a pas le droit de nous en donner.

À la table voisine, trois hommes picoraient des graines dans une coupelle tout en sirotant une bière. Ils fumaient des cigarettes sans filtre et portaient des casquettes renversées sur la nuque. À travers la vitrine, j'ai vu une Mercedes déglinguée monter sur le trottoir et un vieillard longer le caniveau avec une chèvre au bout d'une corde.

– Tu crois qu'on nous observe ? j'ai demandé avec un frisson. Tu crois qu'on a commis un impair ?

J'étais pris d'une soudaine bouffée d'angoisse. Je me rappelais cette histoire de l'explorateur qui, après avoir réussi à entrer en contact avec une tribu reculée, s'allume une cigarette et se fait aussitôt percer de flèches pour ce geste inconsidéré.

– Je crois qu'il vaut mieux qu'on se tire, j'ai dit.

À côté de nous, les trois types échangeaient des propos inquiétants dans cette langue albanaise qui semblait avoir été conçue pour que nous ne puissions pas la comprendre.

– Se tirer, surtout pas, a chuchoté mon cricri en me fixant droit dans les yeux. C'est la dernière chose à faire. Tu veux déclencher un incident diplomatique ?

Un spasme nerveux parti de mon abdomen est remonté jusqu'à mes épaules. J'ai crocheté mes pieds sous la chaise et avalé ma salive.

– C'est peut-être un interdit alimentaire, il a ajouté. Il doit y avoir un jour pour le byrek. Et tous les autres, c'est défendu. Il ne faut même pas en parler.

– Alors, qu'est-ce qu'on fait ? j'ai murmuré.

– On commande autre chose. L'air de rien. On joue les imbéciles. À l'étranger, c'est encore ce qui marche le mieux.

Le patron, planté devant nous, attendait que nous nous décidions, les bras ballants. Peut-être était-ce lui qui avait le plus à perdre dans cette affaire. Servir du byrek un jour tabou, ça pouvait lui coûter cher. Pire que d'allumer une cigarette en France dans un lieu public. Pour lui, c'était la fermeture de l'établissement, l'amputation des deux mains, l'interdiction de byrek jusqu'à la fin de ses jours.

Nous avons commandé une bière et des *qofta* au hasard, parce que ce plat figurait sur la carte et qu'il n'y avait de toute façon aucun moyen de savoir de quoi il s'agissait. En attendant, je me suis emparé du paquet de Chesterfield de mon cricri et j'ai fumé trois cigarettes coup sur coup. Les types à casquette continuaient de crypter leur conversation. J'avais hâte de sortir.

Le patron est revenu avec deux Korçá, des bières blondes à la pression. Il a déposé à côté six petites saucisses grillées rouge grenat dans une assiette. C'étaient les *qofta*, un mélange de légumes, de cumin et de viande d'agneau, qui se mangeait à l'apéritif à la manière des tapas. Je me suis jeté dessus et les ai engloutis en une fraction de seconde.

– Tu n'es plus végétarien ? s'est étonné mon cricri.

– De stricte obédience, j'ai confirmé.

– Et la viande d'agneau, ça ne te gêne pas ?

– Il y a des légumes, j'ai répondu. La diplomatie, c'est l'art du compromis.

J'ai avalé la dernière saucisse avec un bruit sourd de déglutition. J'ai descendu la bière sans respirer, j'ai allumé une cigarette.

– Bon, on y va ? j'ai suggéré, un tic au coin des yeux.

J'étais sur des charbons ardents. Ma jambe droite tressautait sous la table. Je n'aimais pas la façon que ces types avaient de nous épier sans nous accorder la moindre attention. Une fois dehors, j'ai acheté des cigarettes à un marchand ambulant. Des Karelia slims fabriquées en Grèce, elles étaient présentées dans une boîte à chaussures. J'en ai allumé une, j'ai tiré dessus à fond. La pointe incandescente a brûlé le papier sur près de deux centimètres. J'ai été pris d'une violente quinte de toux et j'ai dû m'appuyer contre un mur, la gorge en feu, les yeux noyés de larmes. Mon cricri m'a tapé dans le dos. Ce que c'était bon d'être vivant !

Neuf

Nous nous sommes lancés dans l'exploration de Tirana, c'est-à-dire de la place Skanderbeg qui est à la fois le cœur, le cerveau, le système nerveux et tous les organes vitaux de la capitale concentrés dans un espace grand comme la place de la Concorde. Le quartier était coupé en deux par une avenue perspective menant d'un côté au palais présidentiel et de l'autre au terminal des cars par lequel nous étions arrivés le matin. Celui-ci se révélait situé à moins d'un quart d'heure de l'hôtel.

– Tu as vu, j'ai fait. En passant par là, on s'épargnait deux heures de marche.

– Bien sûr, a approuvé mon cricri. C'est l'évidence même.

– Ah ouais ? j'ai répliqué. Alors pourquoi tu nous as conduits dans ce coupe-gorge effrayant ?

Il s'est mis à rire.

– Pour voir les endroits les plus authentiques, voyons ! En voyage, on n'a aucune chance de comprendre un pays avec le comportement d'un touriste de base, mon ami.

Je n'étais pas d'accord et nous en avons longuement débattu tout en visitant au pas de charge la tour de l'horloge, la mosquée Haxhi Et'hem Bey, la librairie Adrion et le hall monumental de l'hôtel Tirana International. Il m'exposait encore ses arguments en faveur de l'immersion totale au sein de la culture populaire lorsque nous nous sommes extasiés devant les façades des ministères, imposantes, jaunes avec des volets verts et des empiècements couleur rouille, que j'ai d'ailleurs pris en photo avec l'appareil jetable que m'avait acheté ma femme.

Notre controverse a failli s'éteindre lorsque nous avons approché la statue équestre de Skanderbeg, réalisée par Odhise Paskali, qui nous a laissés muets d'émerveillement, mais elle a repris quelques instants plus tard à la terrasse du Restorant Millennium, dans le jardin ombragé de palmiers, de pins et de magnolias. Assis près du bassin à mosaïques, nous avons éclusé des bières autrichiennes pour nous remettre de notre galopade.

— Je ne te comprends pas, disait mon cricri en sirotant sa Gösser. Comment veux-tu regarder un peuple en face, comment peux-tu espérer lire dans son âme, si tu n'adoptes pas son mode de vie et si tu ne te mêles pas à lui ?

— Je veux bien m'y mêler, j'ai dit, mais de loin.

Il s'est esclaffé.

— Mais l'aventure, ça ne se vit que de près !

— Tu confonds aventure et problème ophtalmique, j'ai fait. Ta myopie te trouble le jugement.

Nous avons payé nos bières au bar, un kiosque charmant décoré de lambris de marine et de filets de pêche, et nous sommes sortis. Il était dix-huit heures. Nous avions passé au peigne fin les abords officiels, administratifs, culturels et raffinés de la place Skanderbeg. Avant le dîner, nous avions encore le temps d'élargir le cercle de nos investigations. Nous allions repérer pour plus tard les autres merveilles architecturales, les joliesses cachées, les trésors secondaires, disséminés çà et là derrière le premier front de bâtiments.

Nous nous sommes engagés dans la rue Berxholli à une allure de sénateurs. Rue Hajdar Hidi, nous avons allongé le pas sans relâcher notre attention. Lorsque nous avons atteint la rue e Kavajes, l'acuité de notre regard n'a pas faibli, mais nous avons adopté un petit trot rapide qui nous a permis de la liquider en moins de deux minutes. C'est dans la rue Bogdani que nous nous sommes mis à courir.

À partir de là, nous n'avons plus regardé quoi que ce soit. Nous foncions comme des dératés. Les rues se succédaient, c'était partout pareil. Il n'y avait pas d'autres merveilles architecturales, pas de joliesses cachées, aucun trésor secondaire. Seulement le chaos, la misère, le délabrement général, comme si tout ce que nous venions de visiter place Skanderbeg n'était qu'un décor destiné aux touristes.

Nous avons marqué une pause.

– Un effet du développement à plusieurs vitesses, a commenté mon cricri en allumant ma cigarette.

L'élite se réserve un îlot de confort et si tu as le malheur d'en sortir, tu bascules dans un autre monde.

Depuis le trottoir opposé, un cul-de-jatte venait à notre rencontre. Il se propulsait dans une caisse à roulettes à l'aide de deux tampons de tissu. Un rictus lui convulsait la bouche, sa peau brune s'enflammait sur le pourtour des yeux.

– Et si on revenait vers le centre ? j'ai gémi.

Nous nous sommes réfugiés dans un bistrot, le Fantazia, aux environs de la place Sulejman Pasha. Le patron, un grand type sec, la soixantaine, quatre couronnes en métal blanc, était fier de nous accueillir. J'ai commandé une bière Tirana premium pils en bouteille et un *bifteke*, parce que c'était le seul mot que je comprenais sur la carte.

Mon cricri a pris un parti différent. D'abord, il y avait cette défaillance imminente de son organisme, cette grève digestive générale, dont il ne pouvait prévoir le moment et qu'il lui fallait retarder par tous les moyens. Ensuite, il avait pour principe de goûter les spécialités locales. Cela faisait partie intégrante de son éthique de voyageur.

– Je vais prendre un *tarator*, a-t-il fini par décider après un examen minutieux des plats proposés.

– Qu'est-ce que c'est ?

– Je ne sais pas, mais ça sonne bien. Ça m'a l'air belliqueux. Je sens que ça va me requinquer en moins de deux.

Il arborait un fier sourire, un sourire aux crocs agressifs. Un quart d'heure plus tard, je dévorais des tranches d'agneau grillées ensevelies sous un monceau de frites, tandis qu'il fumait cigarette sur cigarette en buvant sa troisième canette de bière. Il fixait son assiette d'un air déprimé, les yeux comme des soucoupes. Quatre rondelles pâles de concombre y sombraient dans une soupe froide.

Dix

— Il faut que je te fasse un aveu, il m'a fait. Je suis déçu.

Je l'ai considéré avec attention et c'est vrai que ça n'avait pas l'air d'aller. Ses épaules s'étaient affaissées, sa tête basse escamotait son cou. Une expression de tristesse endeuillait son visage.

— Tu vois, poursuivait-il, j'ai pas mal voyagé.

Il hochait la tête à l'évocation de ce souvenir.

— La misère, les conditions de vie difficiles, je connais. Si je te disais qu'à New York, sur le pont de Brooklyn, j'ai failli me planter d'embranchement et me retrouver dans le ghetto… Et encore, ça, c'est rien. J'ai été dans des pays pauvres. J'ai été au Mexique.

Il m'a adressé un regard lourd.

— Le Mexique, État de Veracruz. Tu vois ce que je veux dire ?

Nouveau silence.

— Eh bien, partout, il y a une effervescence, un bouillonnement qui compense le reste. C'est ça, leur secret, ils sont vivants. Si tu me demandes comment ils arrivent à supporter la catastrophe quotidienne de leur vie, la laideur, la saleté, leur absence d'horizon, je te dirai ça. Je te dirai qu'ils sont gais. Tu te promènes dans les rues et ça grouille, ça rit, ça chante. Ils vivent dehors, tous ensemble, les uns sur les autres, ils se parlent toute la journée. Quand tu débarques là-bas avec ta grisaille de soucis d'Occidental typique, avec ton putain de monde intérieur, c'est une claque de joie que tu te prends dans la figure. Ils sont dans la nasse et ils n'en sortiront pas. La joie de vivre est leur réponse. Tu sais pourquoi ils font des gosses ? Ni pour les engraisser ni pour en faire des petits soldats de supermarchés. Ils font des gosses, parce qu'ils baisent. Ils baisent comme des lapins.

Il s'est interrompu pour finir sa bière. J'ai remarqué que ses yeux, éteints quelques secondes auparavant, s'étaient mis à briller.

– Pour des gens comme nous, a-t-il repris, avec les critères qui sont les nôtres, leur vie est pire que la mort. Nous ne la supporterions pas plus de quelques mois. Ce serait un aller simple pour la dépression nerveuse. Et pourtant, quand on est désespéré chez eux, on ne se suicide pas. Tu sais pourquoi ? Parce qu'ils sont au fond du trou, mon vieux. Parce que c'est là que la vie jaillit, foisonne, jubile. Tu vois ce que je veux dire ? L'avantage, quand on n'est pas dans le système, mon ami, c'est qu'on n'a pas à se préoccuper d'en sortir.

– Pourquoi tu me dis ça ? j'ai fait, me sentant soudain visé.

Depuis quelques instants, il avait émergé de son apathie et s'emballait à l'écoute de ses propres analyses. Ses joues rosissaient, ses prunelles crépitaient. Ses mains virevoltaient par-dessus ses sept bouteilles vides de Tirana premium pils en cinquante centilitres.

– Je te dis ça, mon ami, parce que je ne retrouve rien de toute cette gaieté ici. Regarde donc autour de toi ! C'est mort, c'est désert, c'est triste. Tu peux me dire où sont les gens ?

Je l'ai fixé avec une sensation de gêne. Je ne savais que lui répondre. De nouveau, ses yeux chaviraient sur les pentes abruptes du désespoir. Il a posé sa main sur mon bras.

– Mon ami, il a fait. Je ne me sens pas bien.

Je lui ai commandé un *bifteke* avec une triple ration de frites. Le patron aux quatre couronnes l'a servi et après absorption du remontant, j'ai pu mesurer l'étendue exacte du problème, le facteur déclenchant de sa brusque défaillance. C'était l'âme du peuple. Il n'arrivait pas à lire dedans.

– Tu as raison, j'ai fait. Il faut tenter quelque chose.

Nous sommes allés marcher à la recherche du peuple. Il doit bien se trouver quelque part, je me disais. On va finir par lui tomber dessus. Au début, néanmoins, le peuple ne voulait pas se montrer. Les rares passants paraissaient davantage fuir que musarder sur les trottoirs au crépuscule. Aux environs de la mosquée, nous avons entendu l'appel du muezzin pour la prière. Sa plainte sortait des haut-parleurs accrochés au minaret. C'est bien notre veine, j'ai pensé. Ils vont se trouver à l'intérieur maintenant, on ne va voir personne.

À l'orée du parc Rinia, nous avons commencé à croiser des promeneurs. Ils venaient à nous d'abord esseulés, puis par petits groupes, enfin par grappes entières. Ils déambulaient en famille, entre amis, s'arrêtaient sur des bancs pour discuter ou regarder la nuit tomber.

– Eh bien, tu vois, j'ai fait. Tout s'arrange.

Devant nous, les gens se répandaient nonchalamment sous les arbres dans une atmosphère chaleureuse. Beaucoup exerçaient de petits métiers pour survivre. L'un cirait les chaussures, l'autre proposait le pesage sur une vieille balance. Certains faisaient griller du maïs sur des barbecues de fortune, tandis que des gamins et des vieillards papillonnaient çà et là pour tenter d'écouler des cigarettes. Assise sur le sol, une Tsigane vêtue de noir exhibait en papotant le moignon boursouflé et rosâtre de sa jambe coupée.

Un casino gigantesque, surmonté d'un dôme bleu, féerique, se tenait derrière le parc. Une foule immense semblait s'être donné rendez-vous sur sa terrasse où trônait un bassin à fontaines multicolores. La place grouillait d'enfants qui piaillaient, qui galopaient en tous sens, comme ivres de la tiédeur du soir.

Un détail nous a frappés.

Plus nous allions, plus les jeunes étaient nombreux.

Ils traversaient en colonne le boulevard, franchissaient la passerelle sur la rivière Lana et gagnaient, de l'autre côté, une rue qui excédait en animation tout ce que nous venions de voir. Je leur donnais entre dix-huit et vingt-cinq ans. Ils étaient des centaines à se diriger dans la même direction avec une cohésion impressionnante.

– C'est l'Exode, j'ai fait. La traversée de la mer Rouge.

– En pays musulman, la thèse est osée, a dit mon cricri. Mais ça ressemble à la Terre promise, je te l'accorde.

Les garçons nous paraissaient ordinaires, mais les filles étaient apprêtées, magnifiques. Elles semblaient avoir été conçues pour un défilé de mode. Nous avons traversé le boulevard dans leur sillage. Sur le pont, un infirme boucané a attrapé le pantalon de mon cricri qui s'est dégagé d'un coup sec et nous avons posé le pied sur l'autre rive, au jardin du paradis.

Nous étions dans le quartier branché de la capitale. Un rectangle minuscule, coupé par deux rues transversales, où les bars ultramodernes et les boîtes de nuit pullulaient dans une profusion de lumière, de musique et de luxe, qui débordait sur les trottoirs. On l'appelait le Block, c'était une autre ville.

Nous nous sommes laissé porter par la marée dans un état proche de l'extase. Les filles roulaient par vagues, plus somptueuses les unes que les autres. Elles étaient blondes, elles étaient brunes, elles étaient châtaines. Il en jaillissait de tous les coins de rue. Cela faisait mal aux yeux tellement il en venait.

– C'est pas possible, j'ai dit. Ils en font l'élevage. Elles sont sélectionnées, élevées en batterie. Ils ne les lâchent que le soir.

Mon cricri se ranimait, tordait le cou, débordé par le flot d'informations. Des femmes comme s'il en pleuvait, à hurler à la mort. Elles entraient dans les bars, elles en sortaient par groupes. Les garçons circulaient en bandes furtives, pareils à des voleurs. Elles ne condescendaient que rarement à s'asseoir avec eux à une table.

Nous nous sommes arrêtés pour prendre un remontant au Buda Bar, le plus original de tous. Un éclairage rouge tamisé embrasait ses murs noirs. La statue hiératique d'un bouddha en gardait le seuil sur une terrasse en tek à double niveau. La techno brutale qui pulsait depuis l'intérieur anéantissait celle des bars concurrents. Nous nous sommes installés dehors sur des canapés garnis de coussins. Des narguilés invitaient à consommer du tabac parfumé à la pomme.

Une brune de compétition est venue s'asseoir sur un fauteuil tout proche.

– Tu disais ? j'ai fait.

– Comment ?

– Non, rien.

Le serveur s'est présenté avec une carte rédigée en anglais. J'y ai jeté un coup d'œil, il n'y avait pas de bière.

– Je vais prendre un alcool, a crié mon cricri. *Alcohol* !

Il s'est rabattu vers moi et m'a glapi dans l'oreille :

– Tu veux un *orange juice* ?

Sa voix sonore a attiré l'attention de la brune. Elle a tourné vers nous des yeux nocturnes, faramineux.

– Un jus de fruits, j'ai fait en éclatant de rire. En Albanie ? Quelle hérésie ! Demande-moi plutôt un whisky.

Nous avons bu chacun deux whisky Coca. Mon cricri m'a fait remarquer qu'à cinq cents leks la consommation, nous étions en train de dépenser l'équivalent d'une semaine du salaire albanais moyen, ce qui faisait de nous des magnats du pétrole.

Dans la rue, la transhumance ne cessait pas. La brune de concours venait d'y disparaître et les filles déboulaient maintenant par divisions entières. J'étais sûr qu'on les débarquait par camions dans les artères avoisinantes. Les ressources du pays semblaient inépuisables.

J'étais frappé par l'arsenal de leurs outils de provocation sexuelle. Ils étaient d'une crudité et d'une agressivité sidérantes. Elles ne portaient que mini-jupes, escarpins à talons hauts, décolletés profonds, robes légères et vaporeuses. Une débauche de chair où chaque chose était à sa place et où tout ce qui n'était pas exhibé se devait d'être montré. Impossible de poser ses yeux quelque part sans rebondir sur des cuisses, des fesses, des seins. Même leurs orteils étaient pornographiques.

– C'est une honte, je me suis exclamé. Dieu merci, une telle chose serait impensable chez nous.

– Hein ? a fait mon cricri.

Il avait le regard flou et du mal à revenir à la conversation.

– Non, je dis : cette impudeur, cette façon qu'elles ont toutes d'être bien dans leur peau, c'est un scandale.

– Ah oui, il a répondu. C'est parce qu'elles ont plusieurs décennies de retard. Attends un peu qu'elles aient pris conscience de leur statut d'esclaves, tu verras. Attends un peu qu'elles aient atteint des relations plus évoluées avec l'autre sexe. On reparlera de tout ça quand la guerre aura été déclarée, fais-moi confiance.

– Ah bon, tu me rassures, j'ai fait.

Nous nous sommes concentrés sur le théâtre des opérations. Un nouveau contingent venait d'y apparaître. Des femmes asservies, superbes, déambulaient, pleines de rires et de dédain à l'égard des hommes qui traînaient çà et là, misérables, morts de désir, réduits à une pathétique impuissance. Ce spectacle captivant nous plongeait dans un abîme de réflexions sociopolitiques.

– Tu crois qu'elles baisent comme des lapins ?

Un masque de gravité est tombé sur le visage de mon cricri. Il a secoué négativement la tête.

– Avec eux, je suis pas sûr. Il y a le poids de la culture traditionnelle, de la religion. Mais avec des étrangers bourrés d'euros, susceptibles de les tirer d'ici, ça ne m'étonnerait pas.

La conversation est retombée. Il y avait maintenant derrière nous deux blondes à peine démoulées qui auraient suffi à l'éclairage de la rue si on avait éteint toutes les lumières. Au bout d'un moment, elles se sont levées et sont venues s'asseoir sur le canapé à côté du nôtre. Nous n'avons plus échangé un mot pendant dix bonnes minutes. Je me sentais oppressé. Je triturais en tous sens le col de mon blouson.

– La tienne est moins bien que la mienne, a soudain lâché mon cricri.

Il s'est tourné vers moi, l'air épanoui.

– Je plaisante, bien sûr. Si on ne se surveillait pas, on retrouverait vite ses réflexes de brute.

– De mâles dominateurs, j'ai acquiescé. La force masculine à l'état pur. C'est odieux.

J'étais fiévreux, en proie à un malaise grandissant. J'ai jeté un regard vers les deux blondes. Des Amazones, j'ai pensé. Des guerrières du sexe. Elles ne doivent faire qu'une bouchée de leurs victimes. Pourvu qu'elles ne tentent pas d'engager le dialogue.

– On leur offre un verre ? a dit mon cricri.

Sa question m'a plongé dans la panique. J'ai répondu sans réfléchir :

– Alors pas plus de deux, j'y tiens absolument.

– Question de galanterie.

– Et après, on les raccompagne.

– L'esprit français, c'est la moindre des choses.

– Parle le premier, t'as la voix qui porte.

J'avais les mains moites, la nuque trempée de sueur. Ma nature animale était en train de ressurgir avec une violence inexpugnable.

C'est une sonnerie électronique qui nous a sauvés du carnage. Mon téléphone m'annonçait qu'un SMS venait d'arriver. Il était de ma femme. « Commencé ce matin un roman de Kadaré, elle disait. Pas du tout la même vision que toi de l'Albanie. Pays hospitalier, généreux et aimable. Tiens bon quand même, mon chéri. On t'embrasse. »

– Alors, on y va ? a demandé mon cricri en montrant les deux blondes.

Un sourire remontait jusqu'à ses oreilles.

– Attends, j'ai dit. Deux secondes.

Je voulais d'abord répondre à ma femme. Seulement, je me suis énervé et cela a pris du temps. Mes doigts tremblaient, se trompaient de touches. La manipulation de l'appareil me mettait en transe. J'ai tapé les dernières lettres en cognant sur le téléphone, en jurant. Cette saleté de clavier. J'étais dans une fureur noire.

Lorsque j'ai levé les yeux, les blondes avaient été rejointes par deux Albanais. Mon cricri avait mis à profit ce moment d'attente pour allumer son propre téléphone. Il avait reçu un message de son papa. Il ne m'en a pas révélé le contenu, mais le texte a dû lui rappeler la maison, parce que son sourire avait cédé la place à une expression plus pesée et plus grave.

– Il te donne le bonjour, il a fait.

– Pareil, j'ai dit. Elle t'embrasse.

Nous avons réglé nos consommations et quitté le Buda Bar en silence, à contre-courant du flot de jeunesse albanaise qui ne faiblissait pas. Le Block s'éloignait de nous, nous étions perdus dans nos pensées. Ce n'est que sur la place Skanderbeg que nous avons recouvré la parole. Les bâtiments officiels étaient illuminés par des projecteurs qui transcendaient les façades. Des taches d'un bleu liquide propulsaient des flammes sur leurs murs. Les édifices paraissaient s'étirer et grandir, sur le point de s'envoler. Ils allaient exploser en une pluie blanche d'atomes et s'évanouir dans l'éther.

– Merveilleux spectacle, j'ai murmuré. Merveilleusement indécent.

– La beauté à l'état pur, a soupiré mon cricri. Jamais rien vu d'aussi lubrique.

Nous sommes restés un moment, assis sur un banc, à contempler, rêveurs, les murailles des ministères. Puis nous sommes rentrés à l'hôtel, le vague à l'âme, les yeux remplis de visions nocturnes, éblouis par la féerie de l'Orient.

Onze

La salle du petit déjeuner se trouvait au sous-sol, dans un bunker sans fenêtre qui donnait envie de s'évader. L'employée s'est approchée et a jeté sur la table deux lichettes de pain, un minicube de fromage, une larme de confiture et un dé à coudre de café, débrouille-toi avec ça. La frugalité du repas me convenait très bien, mais mon cricri s'est décoloré jusqu'à la racine des cheveux. Il s'est allumé une cigarette pour calmer ses entrailles et quelques minutes plus tard, nous avons rejoint la station routière.

Nous reprenions le chemin de Durrës, point de passage obligé pour la plupart des trajets vers le sud. Il n'était pas question de se risquer au nord qui était infesté de bandes criminelles et où même les flics se faisaient racketter. Nous allions descendre le long de la côte vers un littoral réputé sauvage à l'approche de la Grèce.

Sur des montagnes escarpées plongeant à pic dans les flots, des villages de pierre s'accrochaient depuis toujours aux falaises. Il y a longtemps, leurs petites communautés de pêcheurs avaient vu poindre sur la mer Ionienne les trirèmes des premiers colons grecs, puis romains. Peut-être certains s'en souvenaient-ils encore ? J'étais impatient de découvrir ces témoins qui conservaient vivante la mémoire des civilisations disparues.

À Durrës, nous avons retrouvé les palmiers, les platanes, les oliviers, les flaques, les cars qui manœuvraient, les badauds qui donnaient des directives, les chauffeurs qui bramaient, Tiraaana, Tiraaana, les vendeurs de bananes et les voyageurs qui poireautaient sans se plaindre. À la descente du car, mon cricri a pris la situation en main. Il était dans une forme du tonnerre. Il s'est dirigé vers le premier chauffeur venu et lui a serré vigoureusement la main avec un large sourire.

Nous voulions aller à Dhërmi, « la perle du littoral », un village célèbre perché en bord de mer sur les monts Cikës. Aucun autocar n'en portait la mention, lequel fallait-il donc prendre, *amigo* ? Le chauffeur a écarquillé les yeux. Mon cricri a griffonné notre destination sur un bout de papier. L'homme s'est gratté la tête. Il semblait n'avoir jamais entendu parler de Dhërmi, la perle du littoral, le village le plus célèbre d'Albanie. Anecdote amusante.

Mon cricri s'est tourné vers moi.

– Tu ne veux pas aller à Berat par hasard ?

Près de nous, un autocar rouge en portait l'écriteau bien lisible derrière le pare-brise.

– Berat ? j'ai dit. Qu'est-ce que tu veux qu'on aille fiche à Berat ? C'est à l'intérieur des terres, aucun intérêt. Non, non, je veux voir la perle du littoral.

– Bon, très bien. Comme tu voudras.

Il s'est retourné vers le chauffeur. En quelques coups de crayon, il a exécuté un dessin de la côte pour lui signifier notre intention de descendre vers le sud. Une discussion animée s'est engagée. Il en est ressorti que nous devions prendre un bus pour Berat, mais descendre à Lushnja où nous aurions une correspondance pour Vlora et à Vlora changer pour Dhërmi dont, par hypothèse, nous ne serions plus très loin.

– T'es vraiment sûr de ton coup ? j'ai demandé, vaguement inquiet, quand il m'a fait un topo de la situation.

Il m'a saisi par les épaules et fixé droit dans les yeux.

– Tu ne doutes quand même pas de moi, mon ami ?

– Tu penses, j'ai fait. Tu penses.

Nous sommes montés dans le car pour Berat. Au dernier moment, sur le marchepied, j'ai renversé par mégarde le contenu de mon porte-monnaie. Pendant que je ramassais les pièces, mon camarade s'est enfoncé dans le véhicule pour nous réserver une place confortable à l'arrière. J'en ai profité pour glisser quelques mots au chauffeur.

– Lushnja ? j'ai murmuré en désignant successivement mon oreille et sa poitrine. Lushnja ?

Je n'avais qu'une crainte, c'était de manquer l'arrêt de Lushnja et de me retrouver à Berat. L'homme m'a fait comprendre qu'il nous préviendrait. J'ai rejoint mon cricri, rasséréné.

– Je m'en remets intégralement à toi, je lui ai glissé. Je te laisse décider quand il faut descendre.

– T'inquiète, il a répondu, je te dirai.

Il a posé son front contre la vitre et son menton s'est effondré dès que le moteur s'est mis en marche. Vaincu par la fatigue, il avait sombré dans un profond sommeil.

– *Luushenjaaa !* s'est mis à gueuler le chauffeur au bout de trois quarts d'heure. *Luushenjaaa !*

Mon cricri a ouvert les yeux.

– C'est ici, il a fait.

Il a bondi et couru dans l'allée pour m'indiquer la sortie.

L'instant d'après, nous étions dehors.

C'était curieux, Lushnja. Ce n'était pas une ville. Ce n'était pas un village. Ce n'était pas un hameau non plus. Nous n'avons jamais su si c'était un lieu-dit, le nom de l'arrêt ou juste un cri comme ça, *Luushenjaaa*, que le chauffeur poussait de temps à autre quand il appuyait sur la pédale des freins. *Luushenjaaa !* Parce que, autant être clair, à Lushnja, il n'y avait rien qui pût utilement nous renseigner sur le sens à donner à ce mot.

Enfin, rien, c'est une vision d'urbain occidental typique. Il y avait bien quelque chose. Il y avait la route. Elle partait tout droit d'un côté, tout droit de l'autre. Et autour, c'était la nature. Pas vraiment culti-vée, pas vraiment sauvage. Verte. Avec quelques mai-sons inachevées dans le fond pour donner l'échelle humaine.

L'autobus avait redémarré aussi sec. Aucune voi-ture n'était en vue. Un Albanais était descendu en même temps que nous, mais il s'était mis à marcher sur le goudron sans perdre une minute et nous l'avons vu rapidement devenir tout petit, puis disparaître à l'horizon.

J'ai posé mon sac, j'ai dévisagé mon cricri.

– Je te fais confiance, j'ai dit.

J'ai hoché la tête.

– Nous sommes à l'arrêt de Lushnja. Nous atten-dons la correspondance pour Vlora. Quand nous y serons, nous changerons pour Dhërmi. Il n'y a aucun motif d'inquiétude. Je suis parfaitement serein.

J'ai sorti mon téléphone portable. J'ai envoyé un SMS à ma femme. « Tentons d'aller vers le sud. Sommes perdus au milieu de nulle part. Rien à boire, rien à manger. Aucune présence humaine. Bonne journée. »

J'ai rangé mon appareil et me suis éloigné de quel-ques pas sur le bitume, les poings enfoncés dans les poches. Lorsque j'ai réussi à attraper la tablette d'écorce de magnolia et à en avaler quatre gélules, j'ai fait demi-tour et je suis revenu vers mon cricri. Il n'avait pas bougé et fumait tranquillement une cigarette.

– Tout de même étrange, j'ai amorcé. Il n'y a pas de panneau signalant l'arrêt.

– Rien de plus normal, a-t-il répondu en mâchonnant sa cigarette. Caractéristique des sociétés en voie de développement. Pourquoi veux-tu qu'ils prennent la peine de signaler quoi que ce soit, alors qu'ils ne se déplacent que sur de courtes distances, autour des lieux où ils sont nés et dans des endroits qu'ils connaissent par cœur ?

– Eux peut-être, j'ai rétorqué. Mais les autres, comment ils font ? Les étrangers ?

Il a propulsé son mégot d'une chiquenaude au milieu de la route.

– Quels étrangers ? T'as pas remarqué qu'il n'y avait pas de touristes ? Ni Italiens, ni Américains, ni Français, ni Allemands, ni aucune autre nationalité, aussi bien dans le port que dans la capitale. T'as pas vu qu'on était seuls ?

– Ah oui, c'est vrai, j'ai convenu. Nous sommes seuls.

Je suis parti m'oxygéner à nouveau. Quelques pas de plus en sifflotant, les mains dans les poches. À la recherche de quatre gélules supplémentaires.

Seuls ! Je commençais à regretter amèrement d'avoir voulu rompre de façon aussi draconienne avec le système. Quel imbécile je faisais ! On pouvait rompre dans des lieux davantage fréquentés, non ? On pouvait rompre sans perdre le contact ? Qu'est-ce qui m'empêchait de rompre dans un lieu touristique ? Voilà ce que c'était que d'avoir l'esprit fleuri d'illusions. Voilà où menait l'idéalisme. Au prosaïsme intégral, à la réalité la plus brute.

– On aurait mieux fait d'aller à Berat, a dit mon cricri.

– Berat, jamais de la vie, j'ai riposté. Aucun intérêt. Berat !

Une tache est apparue à l'horizon, qui a vite grossi et s'est transformée en autocar. « Vlora », mentionnait l'écriteau sur son pare-brise. Nous sommes montés à bord et j'ai poussé un soupir de soulagement sans savoir ce qui m'attendait.

La deuxième partie du trajet a été fantasmagorique. Le chauffeur se croyait dans un rallye et roulait à tombeau ouvert sur une route qui tenait du champ de mines. Loin de l'inciter à la prudence, les accidents du terrain semblaient exciter son imagination. Il téléphonait en tenant le volant d'une main, se lançait dans des conversations enflammées, déboîtait à angle droit sans visibilité en écrasant le klaxon. Le tout en musique, la radio à fond, dans la bonne humeur.

Je me cramponnais à mon siège, terrifié. Je cherchais à croiser les regards des autres passagers dans l'espoir de déclencher une mutinerie. Personne ne paraissait s'émouvoir. Quant à mon cricri, il avait trouvé la parade. Tête renversée, bouche grande ouverte, il émettait par le nez des vibrations puissantes qui constituaient un champ de force protecteur autour de sa personne. La méthode était efficace : il ne se rendait compte de rien.

Le trafic pourtant devenait menaçant. Les voitures roulaient sur trois files alors que la route n'en comptait que deux. L'exercice était périlleux, mais l'Albanais aime rire, l'Albanais aime s'amuser. L'Albanais aime sortir du rang d'un coup de volant avec un gros autobus des années soixante en hurlant *Luushenjaaa !* dans son portable tandis que quatorze voitures se pointent en face dans la file du milieu.

À chaque nouveau coup de poker du conducteur, à chacune de ses tentatives pour intimider les chauffards adverses, je me cabrais sur mon fauteuil. J'appuyais des deux pieds sur une pédale de freins invisible, le corps arqué dans une convulsion de condamné à la chaise électrique.

Au bout d'une heure de ce traitement, j'étais en nage et je me demandais : mais combien de temps ça va durer, bordel, combien de temps ça va durer, sans pouvoir arrêter le moulin fou de mon esprit. J'étais à peine conscient du décor, des baraques inachevées, des citernes d'eau sur les toits, des blockhaus sous les oliviers. Le chauffeur était dingue, les passagers s'en foutaient, mon cricri roupillait et je venais de finir la tablette de pilules contenue dans ma poche. Si ça continuait, j'allais en manquer, mais quelle importance, d'ici cinq minutes nous allions nous aplatir contre un arbre, à moins que j'aie fait un arrêt cardiaque avant, mon Dieu, non, je ne voulais pas mourir, quand l'autocar s'est arrêté.

Mon cricri a ouvert les yeux. Il s'est étiré.

– C'est Vlora ? il a demandé. Déjà ?

Il a bondi sur ses pieds et quitté le car en souplesse, frais comme un gardon.

Douze

En descendant du car, mon cricri a demandé au chauffeur la direction de Dhërmi. À le voir de près, j'étais surpris de constater que ce dernier avait une tête de brave père de famille, pas du tout le faciès d'un grand criminel de la route. Il fronçait les sourcils et tordait ses lèvres, ce qui imprimait une forme touchante à son double menton. Il était manifeste qu'il voulait nous rendre service. Néanmoins il ne voyait pas de quoi nous voulions parler et nous avons laissé tomber.

Nous sommes entrés dans un bar pour nous renseigner. Dans un angle de la salle, une télé était allumée sur un groupe de rappeurs albanais à casquette. Ils gesticulaient en martelant *Hurricane ! Hurricane !* toutes les dix secondes et se donnaient beaucoup de mal pour ressembler à leurs homologues de tous les autres pays du monde. Avec raison, à ce qu'il me semblait. Les Balkans avaient des faux airs de banlieue de la planète.

Selon la serveuse, le point de ralliement des autobus pour Dhërmi se trouvait au bout de la rue, à droite. Nous le repérerions aisément, il y avait un night-club en face. Elle connaissait même l'heure du départ : seize heures trente. Après un quart d'heure de marche, pourtant, nous avons dû renoncer. Il n'y avait aucun night-club et pas davantage de point de ralliement. Nous avons rebroussé chemin jusqu'à l'esplanade où l'autocar nous avait déposés un peu plus tôt.

– Si on était allés à Berat… a soupiré mon cricri.

– Berat, c'était pas ce qu'on avait dit, j'ai coupé. Berat, c'est pour les faibles. Pour ceux qui renoncent tout de suite.

– Très bien, il a fait. Allons à Dhërmi.

Il s'est approché d'un trio de chauffeurs de taxi qui papotaient devant leurs voitures. Une longue discussion s'est engagée. Ils parlaient fort et semblaient défendre des points de vue opposés. Demeuré en retrait, je voyais le visage de mon cricri se rembrunir.

J'ai fini par le rejoindre.

– Que se passe-t-il ? Il y a plusieurs routes possibles ?

– Non, ils ne savent pas où c'est.

– Tu plaisantes. La perle du littoral ? C'est à peine à quarante kilomètres.

Il a renouvelé sa question pour me le prouver. Il a dit : Dhërmi ? L'espace d'une seconde, les types ont été frappés de stupeur. Puis l'empoignade a repris. À l'évidence, ils n'étaient pas d'accord sur le sens à prêter à ce mot et le débat s'envenimait. Mon cricri s'est interposé, a sorti son calepin, dessiné un schéma de la côte et sur celle-ci un gros point noir : VLORA. Au-dessous, il a tracé une flèche qui descendait jusqu'à DHËRMI avec un énorme point d'interrogation souligné de trois traits.

Un silence de plomb est tombé sur le groupe. Ils se sont gratté la tête, nous ont observés. Et ils sont repartis de plus belle dans leur controverse. Lorsque nous les avons quittés, ils débattaient encore.

– Inouï, s'est indigné mon cricri. Ils ne savent pas où ils sont. Je parie qu'ils sont incapables de situer l'Albanie sur une carte.

Il a interpellé un passant, celui-ci nous a rassurés : il connaissait Dhërmi et la ligne de cars qui y menait. La station se trouvait à l'autre bout de la rue, à gauche, nous nous étions trompés de direction. Seulement, il y avait une petite difficulté. La ligne ne fonctionnait pas le dimanche et le prochain car ne partait que dans vingt-quatre heures.

– Vingt-quatre heures ! nous sommes-nous écriés en chœur.

Nous commencions à frémir. Vlora était une ville industrielle et portuaire, connue comme point de départ du trafic de drogue, de prostituées et d'immigrés clandestins en direction de l'Union européenne. En 1997, lors de la crise financière qui avait ébranlé le pays, une insurrection sanglante y avait éclaté. À côté d'elle, les coupe-gorge de Tirana faisaient figure de villages-vacances.

Sans doute nos mines consternées devaient-elles inspirer de la pitié, car un autre passant s'est arrêté. D'après lui, il y avait un car qui partait pour Dhërmi le dimanche, mais à dix-huit heures. Si nous voulions le trouver, il fallait rebrousser chemin et retourner d'où nous venions, à droite. Le premier bonhomme s'est vexé. L'arrêt des cars était à gauche. L'autre n'a pas voulu en démordre. Il en était certain, c'était à droite. Et d'ailleurs, il existait un moyen très simple de le repérer : il y avait un night-club juste en face.

Nous nous sommes enfuis, épouvantés.

– Attends, j'ai fait au bout de cent mètres. Il y a quelque chose qui cloche. Ou bien Dhërmi porte un autre nom, ou bien on ne sait pas le prononcer. Il faut trouver quelqu'un qui parle anglais.

J'ai bondi sur un flic qui orchestrait le chaos à un carrefour. J'ai inspiré, contracté mes abdos.

– *Hello, officer. Do you speak english ?*

Il m'a regardé d'un air effaré. J'ai essayé deux ou trois autres formules d'entrée en matière. Le flic est resté muet. Ses yeux roulaient dans leurs orbites, allaient de mon visage à la rue, de la rue à mon visage. S'il n'avait porté un flingue sur sa hanche, j'aurais juré qu'il avait peur.

En désespoir de cause, j'ai joué mon va-tout. J'ai déballé les quelques mots du sabir anglo-saxon qui permettent en principe de trouver des interlocuteurs où que l'on aille dans le monde :

– George Bush ? j'ai fait. FBI ? Hollywood ?

Il est resté de marbre. Pas la moindre réaction. J'ai jeté l'éponge et suis revenu vers mon cricri, démoralisé.

– Y a pas moyen, je lui ai dit.

– Il comprend pas l'anglais ?

– Pire que ça : il n'identifie même pas la langue.

Je me suis laissé tomber sur le bord du trottoir. Nous étions prisonniers d'une ville de soixante-dix mille habitants dont nous voyions les cheminées industrielles vomir une fumée noire par-dessus les toits. Au-delà de six heures du soir, sa faune criminelle devait envahir les rues à la recherche d'idéalistes français à passer à la moulinette.

– On n'a qu'à prendre ce car, a fait mon cricri.

Un autobus démarrait au ralenti, à moitié vide. Il racolait les voyageurs à petits coups de klaxon et s'arrêtait dès que quelqu'un faisait signe.

– Où il va ? j'ai demandé.

– À Berat.

Nous avons grimpé à bord sans perdre une seconde.

Treize

Le chauffeur nous a largués à Berat en fin d'après-midi. J'étais d'une humeur massacrante. Une chaleur à crever avait régné dans l'autocar, parce que ses fenêtres à clapets refusaient de s'ouvrir, et deux heures avaient été nécessaires pour parcourir soixante-dix kilomètres alors qu'il nous avait été prouvé le matin même qu'un itinéraire identique pouvait être expédié en moins de temps qu'il n'en faut pour faire un tour complet du circuit Paul Ricard.

Mon cricri lui aussi était chagrin. Mais pas pour la même raison. Il s'était aperçu en se réveillant que son paquet de cigarettes avait disparu et cela, il ne le supportait pas. Il était intolérable qu'on le prenne pour le gars qui roupille durant deux heures et dont on peut faire les poches sans qu'il s'en aperçoive. Ce n'était pas une question d'argent. Honnêtement, qu'est-ce que ça représentait un paquet de cigarettes dans un pays où un Français se retrouvait du jour au lendemain avec le pouvoir d'achat d'un magnat du pétrole ?

Non, si jamais il venait à dormir durant deux heures au point de ne pas sentir qu'on lui faisait les poches, on avait le droit de le voler. C'était de bonne guerre. Lui-même n'aurait pas agi autrement à Paris s'il s'était trouvé assis dans un bus à côté d'un milliardaire. Seulement, il était inadmissible qu'on le dépouille comme un vulgaire touriste. Qu'on le vole, d'accord, mais qu'on y mette les formes, qu'on le lui demande. Un peu d'éducation, était-ce trop exiger ?

Lorsque nous avons remonté la rue principale de Berat, le spectacle qui s'offrait à nos yeux a dissipé notre ressentiment. Le vieux village était construit à flanc de montagne. Des ruelles pavées paressaient entre des maisons blanches à boiseries sombres, aux murs couverts de vignes. C'était la première agglomération que nous rencontrions, dont les constructions pouvaient être qualifiées de coquettes.

Nous avons trouvé à nous loger dans un hôtel d'une simplicité imposante. À l'intérieur, des murs et piliers en pierre de taille ainsi que des solives et lambourdes travaillées à l'ancienne plantaient un décor d'auberge germanique. Impression confirmée par d'énormes faux rideaux en bois sculpté et une cuisine qu'une porte entrouverte laissait deviner colossale.

Tout dans l'établissement était massif, y compris la patronne. Elle portait des papillotes sur les cheveux et un chemisier à jabot bavarois dont la mousseline retombait telle une nappe sur son corsage. Un moment, nous avons cru qu'elle était munichoise.

– Ça me rappelle mon voyage aux États-Unis, m'a confié mon cricri. Un jour, à Dallas, j'entre dans un bar et j'explique au patron que j'arrive de Paris. À ce moment, un type se retourne et me tend les bras, le visage rayonnant : « Vous êtes français ? Ma femme est allemande ! »

La patronne nous a guidés vers nos appartements. Nous avons traversé plusieurs vestibules embaumant l'encaustique où s'accumulaient commodes, buffets, guéridons et reproductions de Renoir et du Douanier Rousseau. Enfin, elle a ouvert une porte avec un gros trousseau de clefs et s'est rengorgée sur le seuil en nous couvant du regard. Dans la chambre, deux paires de pantoufles blanches nous attendaient au pied des lits.

Nous sommes sortis prendre la température de la ville. Il était dix-neuf heures et l'animation dans les rues paraissait prometteuse.

– Tu crois qu'ils ont un Block ici aussi ? j'ai demandé.

– Un Block ? C'est bien possible. Je commence à croire que c'est leur seule distraction.

Le Block de Berat consistait en une promenade bordée d'un côté par un jardin public, de l'autre par des bistrots en enfilade. Lorsque nous avions traversé le quartier une heure plus tôt, il n'y avait personne. À présent, une foule compacte de femmes aussi plantureuses, rieuses et apprêtées que la veille y défilait.

Installés aux terrasses, les hommes assistaient à la représentation. Il ne restait plus une chaise de libre.

– Tu as vu, il n'y a aucune femme dans les bars.

– Une ségrégation des sexes typique des sociétés traditionnelles, a expliqué mon cricri. La mixité d'hier à Tirana doit être exceptionnelle.

– C'est honteux, j'ai fait. Et si elles veulent s'asseoir, comment elles font ?

Nous nous sommes précipités pour trouver une place. Une fois attablé, j'ai remarqué que la plupart des consommateurs ne buvaient que de l'eau et la consommaient avec deux verres, un grand, un petit.

– C'est du raki, a rectifié mon cricri. Un alcool à base d'anis. On en boit aussi en Turquie et en Grèce.

– Et toujours par série de deux ?

– Le grand verre, lui, contient de l'eau. Ça remonte au temps où je ne sais quel pacha avait interdit la consommation d'alcool, conformément aux principes de l'islam. Pour contrer la prohibition, des petits malins se faisaient servir un verre d'eau en même temps que leur raki, histoire de tromper les flics en cas de contrôle. Et l'habitude a été conservée. Tu ne veux pas goûter ?

L'histoire était sympathique et je me suis laissé tenter. Aussitôt une forte culpabilité m'a envahi. Tout mon système de défense alimentaire était en train de lâcher. Trois années d'intégrisme végétarien se voyaient réduites à néant après trois jours de voyage. Je n'ai pu m'empêcher de frissonner. Quelles allaient être les conséquences de ces débauches ? Une autre voix cependant me disait de me tranquilliser. Cela faisait partie de la rupture, il ne fallait pas avoir peur. Et puis, j'allais demeurer vigilant. L'avertissement au sujet des bactéries me restait en mémoire. Il était hors de question de toucher à la plus petite goutte de flotte.

Le raki était servi dans des godets minuscules, il aurait été ridicule d'y tremper le bout des lèvres tels des touristes effarouchés. Aussi est-ce avec un mouvement du coude ample, net et viril que nous l'avons déversé dans notre gosier. Nous avons reposé nos verres, croisé nos regards. Ils étaient troubles et noyés.

— Pas mal, a fait mon cricri d'une voix rauque.

— C'est pas inintéressant, j'ai confirmé.

Du point de vue criminel, je pensais. Pas inintéressant du point de vue criminel. Je me demandais avec quelle marque de débouche évier le mastroquet coupait son alcool, combien d'années de prison on tirait ici pour homicide volontaire et si j'avais encore le temps pour un lavage d'estomac.

J'ai eu un hoquet. Les premières souffrances de l'agonie déjà se déclaraient. Mon œsophage était en fusion, j'avais une cloque dans l'arrière-gorge et une sensation d'oppression sur la trachée-artère.

— Tu as senti le goût de l'anis, toi ? j'ai demandé en essuyant une larme.

— Derrière l'eau-de-vie peut-être, a lâché mon cricri. Mais à mon avis, c'est de la prune.

Ce dernier mot m'a fait tressaillir. Je l'ai interprété comme un signe du destin. Jules César n'avait pas dû éprouver autre chose le jour de son assassinat lorsque, percé de vingt-trois coups de couteau, il s'était souvenu de l'avertissement reçu des années plus tôt : « Méfie-toi des ides de mars. » J'ai été pris de tremblements. Des mains de fer me broyaient la gorge et cette sensation me rappelait l'avertissement que je recevais moi aussi depuis des années : « Méfie-toi des noyaux de prune. »

– Tu as froid ? s'est inquiété mon cricri. On devrait en prendre un autre, ça nous réchaufferait. Tu trouves ça trop fort peut-être ?

– Mais pas du tout, au contraire, avec mille plaisirs.

Je grelottais. Je roulais dans un gouffre d'angoisse. Le raki était une arme de dissuasion que les Albanais avait mise au point contre les étrangers. Seulement, comme les étrangers étaient introuvables et que mon cricri ne pouvait en aucun cas être confondu avec un touriste, j'en venais à la conclusion qu'il s'agissait d'une force de frappe orientée exclusivement contre ma personne.

J'ai voulu m'allumer une cigarette et c'est alors que je me suis rendu compte de la gravité de mon état. J'ai fait rouler la molette du briquet de la main gauche. Le gaz a sifflé, une étincelle a jailli, la flamme jaune et bleu a crépité. Je ne sentais plus les stries de la molette sur le pouce.

J'ai recommencé à plusieurs reprises. Je n'éprouvais rien. Plus aucune sensation.

– Elle est allumée, a dit mon cricri.

– Mmmh ?

– Ta cigarette. Elle est déjà allumée.

Il me fixait d'un air étrange. Un point de braise consumait ma cigarette dont le papier avait noirci sur toute la longueur. J'ai marmonné quelques mots et testé mon doigt sur d'autres surfaces : ma barbe naissante, mes cheveux, le jean de mon blouson, le plastique de la table. J'ai examiné ma main.

J'avais perdu la sensibilité du pouce gauche.

J'ai levé la tête comme si l'explication de ce phénomène médical m'attendait quelque part, affichée sur un arbre, exposée sur la poitrine d'un homme-sandwich. Je n'ai vu que le visage stupéfait et inquiet de mon cricri qui m'observait. J'ai allumé mon portable. J'ai envoyé un SMS à ma femme. « Commis une erreur atroce. Me suis empoisonné avec une saloperie. Suis en train de perdre l'usage du bras gauche. Tout va bien à la maison ? »

À cet instant, le serveur a déposé sur la table deux nouveaux godets accompagnés de leurs grands frères. Je me suis emparé du petit et l'ai descendu cul sec. J'ai retenu le garçon par la manche et lui en ai demandé un autre. Au point où j'en étais, il valait mieux m'étourdir, ne plus être conscient de rien. Mon cricri s'est saisi de son raki avec un temps de retard. Il l'a bu d'un trait, puis m'a défié d'un regard martial comme s'il allait fondre en larmes.

111

Les filles du Block arpentaient la rue à toute allure. Dans un sens, dans l'autre. J'en avais plus rien à fiche.

– Si on allait manger ? a toussé mon cricri.

Nous avons avalé le troisième raki et sinué jusqu'au restaurant Reka. Nous avions jeté notre dévolu sur lui, parce qu'il était pourvu d'une agréable terrasse, protégée par une rangée d'arbres, et aussi parce qu'il n'y en avait pas d'autre. Lorsqu'elle a compris que nous étions français, la patronne ne s'est plus tenue de joie. Elle ne parlait pas notre langue, cependant elle était parisienne de cœur : nous avons récapitulé avec elle les principaux monuments de la capitale. Un grand moment de mime et d'amitié entre les peuples.

Les choses se sont gâtées quand nous avons voulu passer la commande. Elle a sorti son crayon et son calepin, tout sourire, les joues roses de plaisir, prête à composer un menu digne d'un gueuleton à la Vatel.

– Byrek ? avons-nous risqué avec un air engageant.

Nous étions confiants. Une restauratrice si accorte n'allait pas pouvoir nous refuser le plat national albanais. Les vapeurs du raki nous montaient à la tête, tout nous paraissait possible.

Hélas, son visage s'est rembruni.

– *Byrek, no*, elle a fait en opinant du chef.

– Qu'est-ce qu'elle dit ?

– Oh rien. Elle dit non avec la bouche…

– Mais oui avec la tête, O.K., j'ai compris.

Je me suis pris le front entre les mains. Qu'allions-nous devenir ? Nous allions périr en Albanie faute d'avoir pu amadouer ce peuple à la psychologie singulière. Notre voyage, pourtant motivé par les meilleures intentions, virait au drame. Nous n'avions le choix qu'entre la sous-alimentation et l'intoxication alimentaire. Dans ma gorge, le noyau de prune était en train de grossir et j'avais perdu la sensibilité du pouce gauche. J'ai examiné mon doigt avec une soudaine horreur. C'est par là qu'on meurt ?

Par chance, une élégante a surgi de nulle part pour nous tirer d'affaire. Elle connaissait quelques mots d'anglais et offrait d'intercéder en notre faveur. Grâce à elle, nous avons pu faire savoir nos prétentions. Pour le byrek, nous voulions bien faire des concessions. Nous avions compris que ce n'était pas seulement le plat, mais aussi *le* problème national albanais. Nous, les Français, nous n'étions pas que des spécialistes de la tour Eiffel et du Moulin-Rouge. Nous possédions aussi une très ancienne tradition de diplomatie qui allait de Talleyrand à Jacques Chirac. Des hommes qui n'auraient pas déclenché la troisième guerre mondiale pour un plat de byrek, quoique, pour le dernier, nous ne puissions en jurer.

Donc, le byrek, c'était entendu, nous le sacrifions sur l'autel de la fraternité entre les nations. Nous en faisions une question de principe et de délicatesse. Nous n'en voulions plus. Mais nom de Dieu, allait-il être possible de se faire servir un peu de cuisine traditionnelle dans ce pays, oui ou merde ? L'élégante a traduit. Nous avons vu le visage de la patronne s'illuminer. Elle s'est mise à babiller, à rouler des yeux dans des directions divergentes : les yeux du bonheur.

Puis elle s'est enfuie vers la cuisine non sans nous avoir fait signe d'attendre. La cuisine traditionnelle albanaise était sa spécialité, elle allait nous servir ce qu'elle avait de meilleur. Nous nous sommes réjouis de la nouvelle. La perspective d'une nourriture saine et équilibrée suscitait en nous des vues lumineuses sur notre avenir à court terme.

– Ça va me faire du bien, a déclaré mon cricri.

Ça va me sauver la mise, j'ai pensé. Il *faut* que ça me sauve la mise. Je me passais le pouce gauche sur le menton en espérant le retour de mes sensations tactiles. Cependant c'était un doigt mort, un corps étranger. Quant à ma gorge, j'avais maintenant un pamplemousse coincé en travers.

Lorsque la patronne est revenue, j'ai cru que j'allais défaillir. Elle a posé sur la table deux godets et deux verres d'eau avec un air triomphant. Qu'est-ce que vous dites de ça, les amis ?

– Je ne sais pas si c'est raisonnable, j'ai glissé à mon cricri. Avec les trois autres, ça peut créer un effet de siphon. On va perdre tout le bénéfice de la cuisine traditionnelle.

– C'est vrai que c'est un peu fort, il a admis en prenant son godet. Et puis c'est vrai que tu n'as pas l'habitude.

– Je vais le boire, j'ai dit. Tout de suite. Ça ne me dérange pas.

Je l'ai englouti d'un coup, sans respirer. J'ai eu l'impression de cracher le feu à l'envers. Le raki m'est entré dans la bouche en hurlant, a rissolé mon tube digestif, carbonisé le pamplemousse et déclenché dans mon estomac un 14 Juillet de napalm. La patronne me fixait avec une moue d'approbation. C'est bon, hein ?

Mon cricri a fait claquer sa langue.

– Un peu sec. Mais pas mauvais. La distillation est bonne.

– Première pression à froid, j'ai ajouté.

J'étais aphone. J'ai fait un sourire en vitre brisée à notre hôtesse. Elle attendait le verdict, impatiente, les yeux brillants d'excitation. Elle a pointé le menton vers les verres vides. Alors, un autre ? J'ai secoué la tête.

– Non, merci, sans façon. C'était excellent, délicieux, mais je voudrais garder quelques papilles pour la suite.

Elle a fichu le camp, folle de joie.

– Merde, qu'est-ce que t'as fait ? a explosé mon cricri.

– Ben quoi, je lui ai dit que j'en voulais pas.

– Mais t'as secoué la tête dans le sens horizontal !

– Et alors, tu fais pas ça, toi, quand tu dis non ?

Il le faisait et je le faisais et la plupart des gens sur la planète le faisaient. Mais pas les Albanais. Les Albanais font non quand ils veulent dire oui et oui quand ils veulent dire non. C'est en cela qu'il est très difficile d'amadouer ce peuple à la psychologie singulière. Les malentendus les plus tragiques surgissent très vite, c'est un point que nous n'avons vraiment compris qu'au troisième jour de notre voyage lorsque les cinquièmes godets de raki sont venus atterrir sur notre table.

La patronne attendait devant nous, aux anges. Elle propageait l'incendie avec une innocence de midinette et ne voulait rien perdre de cette histoire d'amour naissante entre la France et le raki.

Mon cricri m'adressait un regard mauvais.

– Je croyais que tu trouvais ça bon, j'ai fait.

– Bien sûr que je trouve ça bon, il a éclaté. Qui dit que je ne trouve pas ça bon ? Pourquoi je ne trouverais pas ça bon ? La question est sans intérêt. La question est nulle. Elle ne se pose même pas. Seulement, j'ai le regret de te rappeler que mes organes sont au bout du rouleau. Je ne vais pas pouvoir prendre éternellement sur moi, je te préviens.

– Eh bien, on n'a qu'à ne pas le boire.

Il m'a fixé en plissant les yeux.

– Tu veux déclencher un incident diplomatique ?

J'ai avalé le cinquième raki en me tenant à la table. Cette fois, je n'ai pas pu me contrôler. Je me suis jeté sur le verre d'eau pour éteindre l'incendie. J'en ai éprouvé un remords cuisant, mais de courte durée. Mes soucis n'avaient plus aucune consistance. Ils s'étaient dissous dans le raki avec le syndrome du noyau de prune. Quant à mon pouce gauche, quelle importance cela pouvait-il avoir, puisque mon visage, mes oreilles, mes yeux, s'éloignaient de moi à une allure vertigineuse et que je n'étais plus très sûr d'être le propriétaire du muscle gourd qui se cognait dans ma bouche contre des dents en pagaille que je ne connaissais pas ?

116

Le cinquième raki a été le véritable tournant de la soirée. Après le cinquième raki, tout s'est déroulé dans un brouillard épais. Je me souviens que la patronne nous a porté une salade de crudités, des boulettes de viande et une soupe de riz indéfinissable. Je me souviens que, nous jugeant désormais immunisés contre toute forme de poison, nous avons bu dans l'allégresse deux ou trois whisky Coca. Je me souviens que nous sommes sortis du restaurant en hurlant de rire à vingt et une heures trente et que la rue qui, un peu plus tôt, grouillait de monde, était déserte, vidée par le couvre-feu.

Je me souviens que nous avons sifflé un dernier whisky Coca au bar de l'hôtel, que la patronne ne savait pas ce que c'était et qu'elle a passé un quart d'heure à étudier l'étiquette de la bouteille de Jack Daniel's avec le seul autre client de l'établissement. Je me souviens que j'ai fumé cigarette sur cigarette en continuant de hurler de rire, notamment pour couvrir le bruit de la télé qui gueulait derrière, *Hurricane ! Hurricane !* Je me souviens que nous avons refait le monde jusqu'à deux heures du matin dans la chambre, qu'à un moment, j'ai allumé mon portable et trouvé un SMS affolé de ma femme qui me croyait atteint de paralysie foudroyante, que j'ai voulu lui répondre pour la rassurer, mais qu'une diatribe contre le capitalisme international m'en a détourné et qu'ensuite, je n'ai plus pensé à le faire, parce que je ne sais pas comment tout ça a bien pu se terminer.

Quatorze

Je me suis réveillé au petit matin, les boyaux en feu. Aussitôt, je me suis revu en train de boire le grand verre d'eau à la terrasse du restaurant Reka. Je me l'étais envoyé dans un moment de pure inconscience. J'ai expiré un grand coup, puis récapitulé les données du problème. Un, la prune dans le raki. Deux, l'eau dans le grand verre. Trois, des bactéries jusqu'aux gencives. Le destin avait frappé avec une logique implacable.

J'ai tâté mon pouce gauche : je n'avais plus de pouce gauche. Je me suis dressé sur mon séant. Le jour filtrait à travers les persiennes. Sur le lit d'à côté, mon cricri dormait, le visage englouti dans l'oreiller. Un tsunami de bile m'a soulevé l'estomac, je suis allé m'isoler quelques instants dans la salle de bains. Lorsque j'en suis sorti, une heure et demie plus tard, mon camarade émergeait en poussant de gros soupirs.

– Je suis vidé, il disait. Je ne sais pas comment tu fais pour tenir le coup, moi, je suis détruit.

Nous sommes descendus pour le petit déjeuner. À la vue du café turc, bien noir, bien serré dans nos tasses, mon estomac s'est retourné et j'ai manqué de renverser ma chaise.

– Il y a un problème ? m'a demandé mon cricri.

– Non, non, j'ai fait. Sortons. J'ai hâte de visiter la ville.

Je serrais les poings, je pinçais mes lèvres à les faire bleuir pour réprimer ma nausée. À proximité de l'hôtel, nous avons trouvé une mosquée, un endroit reposant qui respirait la paix et la profondeur des siècles. L'air frais m'a ressuscité et mon cricri m'a pris en photo dans un jardin de cyprès avec l'appareil jetable que m'avait acheté ma femme.

– Sans vouloir te vexer, il a noté, tu ne devrais pas porter de chemise pâle avec ce blouson. Ça te gâche le teint, on jurerait que tu es malade.

La minute suivante, je me suis senti flancher. Un séisme à nouveau me ravageait les organes. Nous projetions d'aller explorer la citadelle qui surplombait le village. Cependant je ne pouvais dissimuler plus longtemps mon état à mon compagnon de voyage.

– Il me faut une pharmacie, je lui ai dit. Et vite.

Son visage a fondu comme une glace en cornet sous un calorifère.

– Toi non plus, tu ne te sens pas bien ?

– Pas du tout, j'ai répliqué. Qu'est-ce qui te fait croire ça ? J'ai juste oublié d'emporter mes oligoéléments.

Nous avons découvert une *farmacia* dans la rue principale. J'ai suggéré à mon cricri de m'attendre sur le pas de la porte. Il a voulu me suivre au prétexte que je ne parlais pas albanais. Je me suis mis à rire. Il ne savait donc pas que la pharmacologie était une langue internationale, un moyen de communication beaucoup plus efficace que l'espagnol, le football ou le mime ? Il n'avait donc jamais hurlé PHOSPHA-LUGEL ! après un chili con carne au Mexique ?

Je suis entré dans un réduit minuscule aux murs blancs, meublé d'un simple comptoir. On aurait dit un local à louer. Il n'y avait ni présentoirs ni étagères et aucun médicament en vue. La pharmacienne m'a souri de manière engageante.

– *'Morning*, j'ai fait en portant deux doigts à la tempe. Imodium ? Ercéfuryl ?

Son sourire s'est accentué.

– *Frëngjísht ? Únë nuk flas mirë frëngjísht.*

Elle a farfouillé derrière son comptoir. Je ne m'étais pas trompé, elle pratiquait le pharmacien international. Elle a sorti une plaquette de comprimés et l'a posée devant moi sans se départir de son expression avenante. Le nom du produit était imprimé sur le papier aluminium : lopéramide.

Je me suis liquéfié. Une plaquette, c'est tout ? Il faut que je remonte la pente avec ça ? Vu l'état de mes entrailles, ce n'était pourtant pas d'une plaquette dont j'avais besoin. C'était d'une cartouche. Seulement, « cartouche », en pharmacien international, je ne savais pas le dire. J'ai extirpé un billet de cent leks de ma poche. Elle a repoussé la monnaie. Allons bon, j'ai pensé. C'est hors de prix, en plus. La lopéramide, au pays du raki, ce doit être l'équivalent du caviar. J'ai sorti un second billet de cent leks. Elle a repoussé les billets derechef sans cesser de sourire. Puisque je n'avais pas l'appoint et qu'elle n'avait pas de monnaie, c'était gratuit.

J'ai porté la main à ma poitrine, je me suis incliné.

– Je suis ému, j'ai fait. Votre accueil me touche au plus profond. Je garderai à jamais votre souvenir dans le secret de mon cœur.

Une fois dans la rue, j'ai compté les comprimés. Il n'y en avait que six, j'avais intérêt à me rationner. Deux prises par repas pendant vingt-quatre heures. Je priais pour que mon organisme réagisse cinq sur cinq.

– Les oligoéléments sont conditionnés en pilules ? s'est étonné mon cricri quand il m'a vu enfouir la plaquette dans ma poche.

– Euh, non, j'ai fait. Il n'y en avait pas. J'ai pris des pastilles pour adoucir la gorge.

– Oh c'est vrai ? Tu m'en donnes une ?

– Non ! j'ai crié. Dans ton état, ce ne serait pas raisonnable. Allez, viens. On va plutôt voir la forteresse.

Nous y sommes montés par une ancienne voie pavée très raide. Nous avons erré dans les ruelles d'un village blanc et désert où les églises orthodoxes pullulaient, leurs vieilles portes pour la plupart bouclées par des chaînes. Nous avons poussé jusqu'à l'acropole qui offrait un magnifique point de vue sur la ville et sur la plaine cernée de montagnes.

Grâce aux premiers comprimés de lopéramide, mon état s'était stabilisé. J'avais un grand désir d'entrer dans l'une de ces chapelles et nous réfléchissions au moyen de nous y introduire quand le téléphone de mon cricri a sonné. C'était un SMS de son papa. Il en a lu le texte et s'est mis à rire sous cape comme s'il s'agissait d'une bonne blague.

– Il y a une église byzantine en dehors des remparts, il a dit. À soixante mètres au-dessus de la rivière Ossum, à l'est.

Puis il s'est levé, a humé l'air pour s'orienter et pris le trot vers la sortie. Je me suis lancé à sa poursuite.

– Attends, j'ai fait. Comment tu sais ça ?

Il avait franchi la porte de la citadelle et détalait sur un sentier étroit à flanc de montagne. Un peu plus loin, le toit d'une église se laissait découvrir. Ses tuiles romaines se détachaient sur le filet d'eau qui serpentait entre les arbres au fond de l'abîme.

– C'est mon père. Il vient de me le dire.

– Ton père !

Je me suis arrêté. Je l'ai regardé descendre. Les bras m'en tombaient.

– Ton père… j'ai répété, médusé.

Je me suis mis à crier, la main en porte-voix :

– Mais ton père est à des milliers de kilomètres, banane ! Il n'a jamais mis les pieds en Albanie !

Je l'ai vu qui s'éloignait. J'ai crié encore :

– Et il n'y a pas un seul guide imprimé sur ce bled ! Pas un bouquin ! Rien ! Que dalle !

Il ne s'est pas interrompu. Il descendait la montagne en footing, avec de petits sauts de cabri à chaque
caillou.

– C'est parce que nous sommes très proches, il m'a
répondu. On n'a aucun secret l'un pour l'autre.

Quinze

Lorsque nous sommes redescendus en ville, mes spasmes m'avaient repris. Je suis parti m'isoler dans la chambre. À la réception, ce n'était plus la patronne de la veille ni la serveuse du matin, mais une nouvelle patronne. Elle se tenait assise derrière le comptoir, désœuvrée et patiente, dans une salle vide où la télé à plein volume créait l'illusion tourbillonnante de la vie. Le seul personnel stable de l'établissement semblait être la femme de ménage qui lavait les escaliers à grande eau pour la deuxième fois de la journée.

Lorsque j'ai demandé la clef, le visage de la nouvelle patronne s'est illuminé. Elle s'est précipitée vers le tableau où pas un seul passe ne manquait. Bien que ne m'ayant jamais vu, elle savait qui j'étais. J'étais l'un des deux magnats du pétrole qui faisaient vivre à eux seuls la moitié de la ville.

Mon cricri m'a rejoint peu après et nous sommes restés immobiles sur nos lits, à réfléchir.

– Bon, j'arrive pas à dormir, a-t-il fini par déclarer. Je boirais bien quelque chose.

Le premier bistrot que nous avons trouvé était bruyant. Il y avait des travaux à l'intérieur, un groupe électrogène pétaradait à sa terrasse. Nous avons marché jusqu'au suivant. Un groupe électrogène y distribuait également du décibel tous azimuts. Nous avons cherché encore. Dans chaque rue, des engins à moteur de toutes tailles, de toutes couleurs, encombraient les trottoirs. La ville entière était écrasée sous un vacarme assourdissant.

De guerre lasse, nous nous sommes avachis sur les chaises en plastique d'un bar dont l'animation était assurée par le Honda rouge de la terrasse voisine.

— Ces Albanais, j'ai crié.

— Quoi ? a dit mon cricri, la main en cornet.

— Ces Albanais, j'ai hurlé, ce qu'ils sont bruyants.

Il m'a envoyé une décharge sonore dans l'oreille droite.

— Méfie-toi des clichés, il a beuglé. C'est réducteur.

— Hein ?

— Je dis : méfie-toi des clichés.

Une veine saillait sur son cou. Il a repris :

— À propos des Albanais. Tu caricatures. On voit que tu ne connais pas les Espagnols.

Je l'ai regardé. Je n'avais rien compris. J'ai laissé tomber la conversation et nous avons contemplé un long moment le bitume, abrutis par le tapage.

Quand le garçon est arrivé, je suis allé droit à l'essentiel.

— Coca, j'ai crié.

– *Coca, no problem*, a fait le garçon.
– Café, a demandé mon cricri.
– *Káfe, no*, a répondu le garçon.

Mon camarade, découragé, a renoncé à lutter et s'est rabattu sur une boisson à bulles. Quelques minutes plus tard, tous les groupes électrogènes se sont tus et un silence oppressant a envahi la rue. On n'entendait plus qu'un gazouillis insolite, le chant presque incongru d'un oiseau, le seul qui n'ait pas fui. Le garçon nous a apporté nos consommations, puis s'est adressé à un autre client et lui a servi un café. Mon cricri est devenu cramoisi.

– Tu as vu, s'est-il insurgé. Il lui sert un café. Mais pour moi, *niet*, c'était sûrement pas assez cher. Cette fois, ça passe les bornes ! Ce loufiat me prend pour un touriste !

J'ai cru que les yeux allaient lui sortir de la tête.

– Calme-toi, je lui ai dit. Il doit y avoir une explication. Ça paraît coïncider avec l'arrêt des groupes électrogènes. Ils ont sûrement un problème avec l'électricité dans ce patelin.

Ce n'était pas que dans le patelin. Seuls les hasards de nos déplacements nous avaient empêchés jusque-là de nous en rendre compte. L'ensemble de l'Albanie était soumis à plusieurs heures de coupure de courant chaque jour. Même dans la capitale, les groupes se mettaient régulièrement à bourdonner. Et les bars qui n'avaient pas les moyens de s'en offrir un, ne pouvaient alors servir de boissons chaudes.

– Tu vois bien que ce pauvre gars ne s'est pas moqué de toi…

Mon cricri s'est rendu à l'évidence.

– Exact. Gestion de la pénurie, on s'organise pour survivre. Vu la situation, il ne pouvait me faire une autre réponse.

Il a marqué une pause.

– Mais quand même. Il m'a pris pour un touriste.

Je le sentais amer. Lorsque nous sommes partis, il est entré dans un autre bistrot pour acheter des cigarettes. Il en est ressorti fou de rage.

– Tu sais à combien ils ont voulu me le fourguer, leur paquet ? Mille cinq cents leks ! J'ai donc l'air si crédule ?

C'était la rechute. Il marchait devant moi à grandes enjambées et ne se contenait plus.

– Attends, j'ai dit. Tu as du mal comprendre…

– Il me l'a écrit ! Mille cinq cents leks ! Pour un paquet de clopes ! Tu parles d'un peuple authentique !

Il a enfoncé ses poings dans ses poches.

– Pourris par le tourisme, pourris pourris pourris.

Nous avons franchi l'Ossum vers Gorica, le quartier chrétien orthodoxe. Devant nous, un petit vieux à casquette tirait une charrette à bras sur laquelle s'entassaient des bocaux de confiture de figues. Sous le pont, le lit caillouteux de la rivière était presque à sec. Un filet d'eau saumâtre y serpentait et laissait de l'écume sur les rochers. Mon cricri allait sans rien voir, tête basse.

— Le tourisme tuera tout, marmonnait-il entre ses dents. Tout, tout, tout.

Dans le cloître d'une église, un vieillard nous a mis le grappin dessus. Il voulait à toute force nous montrer les tableaux à l'intérieur. Seulement, il se contentait d'ahaner les titres grecs qui figuraient en toutes lettres sous les cadres. Cela m'a vite irrité. J'ai horreur qu'on galvaude pour un croûton de pain la culture grecque et latine et je me suis éclipsé pour aller attendre dehors.

Assis sur une pierre patinée par les siècles, je songeais aux Grecs, aux Romains, aux chrétiens de Byzance. Je me demandais s'il y avait parmi eux des ignorants qui osaient taper les gogos sur les ruines des temples étrusques ou babyloniens. À cette pensée, j'ai été pris de frayeur. Mon cricri était à l'intérieur, en train de se faire baratiner par un pauvre type qui espérait lui extorquer un pourboire et qui, le prenant pour un touriste, commettait l'erreur de sa vie, peut-être la dernière. Je me suis levé d'un bond, hésitant entre la fuite et l'intervention d'urgence. J'ai eu peur que tout cela ne finisse mal. Cependant mon cricri est apparu sur le parvis, les traits dilatés par un vaste sourire.

— Tordant, ce vieux, il m'a fait. Il ne comprend pas un traître mot de ce qu'il raconte. Quel escroc !

Il riait à gorge déployée.

— Tu t'en es débarrassé comment ? j'ai risqué.

— En lui donnant la pièce, pardi ! Tu as de ces questions !

Sur le retour, une vague de fatigue s'est abattue sur nous sans prévenir. Un épuisement si accablant que nous avons dû nous accorder une pause sur un banc public. Nous avons stationné là, hagards, pendant plus d'une heure jusqu'à ce que les filles du Block commencent à apparaître. C'est leur foule naissante qui nous a tirés de notre léthargie. En quelques minutes, elles ont envahi la rue et entrepris leur déambulation, juchées sur leurs talons aiguilles, tous pneumatiques dehors.

– Tiens, j'ai fait. Déjà dix-neuf heures.

– Oui. Il se fait tard.

Nous sommes rentrés à l'hôtel, il y avait une nouvelle patronne. En apprenant que nous souhaitions dîner, elle a sauté de joie. Elle s'est précipitée à la cuisine où elle a déclenché l'alerte et une nouvelle serveuse est arrivée, échevelée, pour mettre le couvert. Nous nous sommes installés dans la salle qui sentait bon le propre. J'ai posé mon corps laminé sur une chaise, mon pouce gauche insensible sur la nappe, mes yeux défaits sur mon cricri.

– On entend bien la télé, hein ?

Elle était à fond, allumée sur la même chaîne qui diffusait les mêmes clips du matin au soir. De notre place, nous ne pouvions voir l'écran. La nouvelle patronne ne le pouvait pas davantage, ni d'ailleurs qui que ce soit d'autre, puisqu'il n'y avait personne. Toutefois il était impossible d'échapper à ses beuglements et à ses rengaines. Mon cricri m'a adressé un regard las.

– La télévision est l'opium du peuple, il a fait.

– L'instrument suprême de l'abrutissement des masses, j'ai renchéri. Le vieux Dali n'avait pas tort.

Je tournais et retournais ma fourchette dans le brouet de riz que m'avait mitonné la cuisinière. J'en ai englouti un énorme grumeau sans respirer. C'était du riz à prise rapide, il me colmaterait l'estomac. Mon cricri n'avait pas voulu me suivre en terrain aussi convenu. Il avait lu *kukurec* sur la carte. *Kukurec*, c'était gentil comme appellation. Il avait été rudement surpris en voyant arriver des intestins de mouton.

– Le refus de la télé est un acte politique, a-t-il repris en essayant d'oublier l'odeur qui se dégageait de son assiette. C'est même un acte de résistance.

– Tu m'as convaincu, j'ai ajouté. À mon retour, je bazarde la mienne.

Nous avons achevé le repas sans plus nous adresser la parole, écrasés par les vagissements de la chaîne, la densité de nos mixtures et les relents de charogne du *kukurec*. Nous étions trop fatigués pour arracher les fils du téléviseur ou nous plonger deux doigts dans la gorge.

Lorsque nous sommes montés nous coucher, mon cricri s'est détourné pour mettre sous sa langue le tabac d'une cigarette que je l'avais vu dépiauter sous la table. J'ai profité de son inattention pour avaler mes quatre derniers comprimés de lopéramide. Ma gorge était encore gluante d'amidon et je les ai sentis se coller sur mon œsophage. J'ai attendu d'être dans mon lit pour les faire descendre en avalant ma salive, il m'a fallu plusieurs minutes pour y parvenir.

Mon cricri lui non plus ne dormait pas. J'entendais le bruit discret qu'il faisait en chiquant dans le noir.

Seize

Nous avons levé l'ancre à l'aube. L'autocar nous a menés à Fier en une heure et demie. Avec Tirana et Dhërmi, il s'agissait d'une des trois localités que je tenais à voir. Elle se trouvait à une quinzaine de kilomètres d'Apollonia, le plus grand parc archéologique du pays. Une cité fondée il y a deux mille sept cents ans par les colons grecs venus de Corinthe. Elle était passée sous tutelle romaine au IIIe siècle avant notre ère.

Le chauffeur nous a largués au milieu d'un marché très animé. Les commerçants avaient peu à vendre, cependant ils se répandaient sur les trottoirs, s'installaient sans vergogne sur le bitume au point que les véhicules devaient se frayer un passage au ralenti au milieu de la foule. Mon cricri a acheté des cigarettes à une marchande ambulante qui n'avait pas de monnaie. Elle a ouvert un paquet de chewing-gums et lui en a donné deux tablettes pour arriver au compte.

J'allais mieux. La sensibilité de mon pouce gauche était revenue avec ma stabilité digestive et je marchais d'un bon pas. Nous avons atteint un carrefour où des dizaines de taxis attendaient. Un chauffeur lisait le journal, appuyé contre son outil de travail qui était aussi la voiture nationale des Albanais : la Mercedes des années soixante-dix.

– Laisse-moi faire, m'a dit mon cricri.

Il lui a demandé son tarif pour Apollonia. Le chauffeur a fait une offre : vingt euros l'aller-retour avec une heure d'attente sur le site. J'ai esquissé une grimace. Une heure pour explorer une cité gréco-romaine deux fois millénaire qui devait constituer l'endroit le plus habitable d'Albanie, ça me semblait un peu juste. Mon cricri a proposé un compromis : trente euros avec deux heures d'attente. Le chauffeur n'en croyait pas ses oreilles. Il a envoyé son journal dans le caniveau et s'est jeté dans son taxi pour allumer le moteur.

Mon cricri s'est approché de mon oreille.

– Pour être gagnant dans un marchandage, il n'y a qu'un secret : ne pas céder trop vite.

Il est monté à côté du chauffeur. Celui-ci s'est allumé une cigarette et lui a offert le reste du paquet. Mon camarade m'a adressé un clin d'œil.

– Après ça, regarde : il te mange dans la main.

La voiture n'était pas jeune, mais son âge n'altérait pas ses performances : nous avons atteint Apollonia en moins de dix minutes. À la sortie du village de Pojan, nous avons vu fleurir les dômes des blockhaus de la période communiste. Puis la Mercedes a gravi en douceur la colline et nous a débarqués sur son point culminant. Trois voitures y stationnaient devant un portail en ferronnerie à proximité d'un saloon de village fantôme. Deux cents mètres plus loin, les colonnes d'un majestueux portique se laissaient apercevoir dans un jardin d'oliviers. L'endroit semblait à l'abandon.

À peine avions-nous franchi l'enceinte qu'un type a surgi pour nous faire payer un droit d'entrée. Une fois satisfait, il a voulu s'éloigner. Mon cricri l'a retenu par la manche. Et les tickets ? Qu'est-ce qu'il faisait des tickets ? L'autre s'est troublé. Oui, bien sûr, les tickets, où avait-il la tête ? Il a indiqué un cabanon à deux pas, vers lequel il s'est dirigé. Presque aussitôt, il a fait volte-face.

– *No tickets, no problem ?* a-t-il demandé, l'œil finaud.

Il proposait un arrangement à l'amiable. Le cabanon était loin, il commençait à faire chaud, on s'économiserait de la peine en laissant tomber cette histoire de tickets. En échange, il nous consentait une ristourne. C'était demi-tarif. Déjà, il nous rendait la monnaie d'un air complice. Mon cricri a repris les billets et m'a entraîné vers les ruines.

– Attends, j'ai dit. C'est un escroc. Il n'est pas plus gardien que toi et moi. Tu ne dis rien ?

– Non.

J'étais sidéré par le soudain défaitisme de mon camarade. J'ai voulu m'assurer de son degré de lucidité.

– Tu sais qu'il nous a pris pour de vulgaires touristes, tu le sais, ça ?

– Exact. Mais en l'occurrence, tout le monde est gagnant. La transaction m'a paru acceptable.

– Sauf qu'il nous a arnaqués, on n'était pas tenus de payer.

– Tu te trompes. C'est le gardien officiel. Seulement, s'il ne délivre pas de tickets, il ne reste aucune trace de notre passage. Ça lui permet d'empocher directement la somme. Ni vu ni connu.

– Mais c'est malhonnête !

– Ah ah, oui, c'est malhonnête ! Bien sûr que c'est malhonnête ! Mon cher, on appelle ça la débrouille. L'essentiel, c'est d'y participer.

Il s'est allumé une cigarette, puis il est parti en direction des ruines. J'ai regardé le paysage. Sous mes yeux se dressait le portique du *bouleutêrion* où se réunissait autrefois le conseil des sages de la cité hellénique. Derrière lui, un amphithéâtre se déployait en hémicycle. Je m'en suis approché en longeant les fondations d'anciennes boutiques qui émergeaient des herbes hautes. J'ai grimpé sur les gradins jusqu'à une hauteur respectable et me suis assis sur un bloc de pierre aux angles rongés par le temps. C'était un théâtre d'époque romaine. L'emplacement de la scène était encore visible sur le sol et, au-delà, une longue volée de marches montait vers le portique dont l'imposant chapiteau découpait sur le ciel un triangle isocèle.

Ainsi, c'était cette image, cette image exactement, qui s'était imprimée sur la rétine du consul P. Sulpicius Galba en 200 av. J.-C., lorsqu'il avait débarqué en Illyrie avec ses légions, ses cavaliers numides et ses éléphants livrés par Carthage. Il avait foulé cette même terre, contemplé le même horizon, s'était assis peut-être sur les mêmes gradins. J'ai admiré le panorama, la plaine blanche, dégagée jusqu'aux bandelettes bleu pâle de la mer Adriatique.

C'était ici qu'il avait rêvé à la Macédoine, à la conquête à venir des cités achéennes, durant tout l'hiver où ses troupes avaient été cantonnées à Apollonia. Un autre que lui s'était rendu maître de la Grèce pour la gloire de Rome, mais il avait été de ceux qui avaient participé à cette gigantesque aventure. Et moi, plus de deux mille ans après, j'étais là et je me souvenais de lui.

J'ai fermé les paupières. Qu'étaient ces siècles qui nous séparaient, que la puissance d'évocation d'un cerveau humain pouvait abolir en quelques secondes ? Il me semblait entendre les rumeurs de la troupe stationnée dans le camp près des oliviers, le tumulte des chevaux sur le pavage, les cris des marchands devant leurs boutiques, le brouhaha de la foule sur la *stoa* et le vacarme provoqué par l'affrètement des bateaux en contrebas, sur l'Aoüs. Oui, je sentais le parfum des épices, l'odeur fauve des pachydermes et les fumigations que pratiquaient les prêtres dans le temple d'Apollon.

Une sensation de paix, de bonheur total, m'a envahi. Le sentiment d'être enfin à ma place. Soudain, tout était clair. J'étais dans mon ailleurs, le seul ailleurs qui me serait jamais permis, parce qu'il était établi d'avance que je ne l'atteindrais jamais.

J'ai ouvert les yeux. J'ai eu l'impression de les poser sur un autre décor. Au loin, les fumées épaisses et noires d'une usine montaient dans la plaine. Aux environs de l'amphithéâtre, le sol était parsemé de détritus, de boîtes de bière, de Coca, de sacs et d'emballages en plastique. Un vent lugubre sifflait dans les branches des arbres. J'étais seul, dans un site désolé, à contempler les restes fracassés d'une civilisation morte. Les ruines de mon ailleurs, cernées par les blockhaus dans une nature malade.

Je suis resté un moment sans comprendre, puis je me suis souvenu et me suis mis à pleurer.

Dix-sept

Nous sommes revenus à Tirana en milieu d'après-midi. La complexité des déplacements et nos difficultés pour communiquer nous avaient convaincus de renoncer à notre projet de descendre vers le sud. Quant à notre rencontre avec le Block, elle nous laissait un parfum d'inachevé. Nous voulions pousser plus loin nos recherches sociologiques.

Durant le trajet, je n'avais cessé de penser à Apollonia. Pendant deux heures, j'avais arpenté un champ d'herbe brûlée où des blocs de pierre sortaient çà et là des broussailles, débris de souvenirs qu'une flore exténuée s'efforçait d'effacer. Sur l'emplacement de l'agora, une mission d'archéologues exhumait à la pioche un parterre de mosaïques enfoui à un mètre sous le niveau du sol. À midi, ils avaient quitté le chantier pour pique-niquer à l'ombre des oliviers et je m'étais approché des excavations.

Certaines mosaïques étaient en bon état, le mortier d'agrément avait résisté à la corrosion et les motifs ornementaux du pavement demeuraient reconnaissables.

À d'autres endroits, les dessins s'étaient perdus. Les pierres avaient été entassées sur les bords en petits monticules. Je les avais fixées, le cœur serré. Peut-être avaient-elles été foulées par les semelles du consul P. Sulpicius Galba ? Peut-être se souvenaient-elles du contact de ses *caligae* ? J'avais jeté un coup d'œil en direction des archéologues. Ils étaient occupés au déballage de leurs sandwichs. Je m'étais accroupi, j'avais saisi la pierre blanche d'une mosaïque et l'avais enfouie dans la poche de ma chemise. Lorsque j'avais quitté le site, je marchais d'un pas plus sûr, un fragment de mon ailleurs ballottant sur ma poitrine.

Arrivés à Tirana, nous avons repris le chemin de l'hôtel Ambassador. À l'accueil, un détail avait changé. Il y avait une nouvelle réceptionniste. Toutefois, nous revenions de Vlora, de Berat, de Fier. Nous ne nous étonnions plus de rien. Lorsque mon cricri a réclamé une chambre, la fille, qui ignorait que nous étions venus deux jours plus tôt, nous a demandé trois mille six cents leks pour la nuit.

– Tiens, a fait mon cricri. C'est moins cher que l'autre fois.

– Ça fait une différence importante ?

– Mille quatre cents leks.

– Ah quand même.

La fille nous a conduits à l'étage. C'était la même chambre que l'autre jour, mais moins chère. Lors de notre premier passage, nous nous étions faits rouler comme de vulgaires touristes. J'ai jeté un regard inquiet vers mon cricri. Il est demeuré sans réaction. C'est l'Albanie, me disais-je. Un pays magique. Il était en train d'accomplir en lui une profonde transformation intérieure.

À cet instant, il s'est laissé choir sur le bord de son lit, les yeux comme des soucoupes.

– J'AI FAIM ! a-t-il crié.

J'ai regardé ma montre. Il était près de dix-sept heures. Manger était devenu le leitmotiv, l'obsession, l'urgence permanente et absolue de notre voyage. En l'occurrence, mon camarade vivait sur un œuf dur depuis le déjeuner et moi, sur mes espoirs depuis la veille. Nos entrailles commençaient à hurler à la mort.

Nous sommes sortis, déterminés à trouver un vrai restaurant. Hélas, cette prétention paraissait exorbitante, démesurée, jaillie de nos cervelles malades d'Occidentaux. Où que nous allions, nous ne tombions que sur des bistrots, des gargotes et des baraques de nourriture rapide. Près de la place Sulejman Pasha, il y avait un fast-food à la mode albanaise. Des photos criardes annonçaient la couleur dès l'entrée : *chiche-kebab*, *suflaqe*, *bifteke*, *patáte*. Pour l'essentiel, de grosses galettes dégoulinantes de ketchup et d'une épaisse sauce blanche.

– Non ! s'est révolté mon cricri. Si on entre là-dedans, même par erreur, je te préviens, je sors les explosifs.

– O.K., j'ai fait. Dans ce cas, j'allumerai la mèche.

Nous avons marché en vain une demi-heure. Puis nous nous sommes effondrés sur des chaises à la terrasse d'un café. Mon cricri a tablé sur une valeur sûre : *qofta* et bière Korçá. Cependant la saucisse d'agneau épicée, je ne pouvais m'y résoudre. J'ai donc commandé un Coca et, l'instant d'après, je regardais mon cricri manger ses amuse-gueules tout en écoutant ma boisson américaine chuter avec un bruit métallique dans mon estomac vide.

Je me sentais de plus en plus mal. Chaque minute qui passait me rapprochait du moment où j'allais m'évanouir d'inanition. Sur le trottoir d'en face, plusieurs échoppes vendaient de la nourriture à emporter. Je me suis levé et j'ai traversé la rue comme un automate.

L'une des gargotes possédait une enseigne : Voskopoje. C'était une cuisine installée dans un cagibi ouvert sur la rue. Les plats étaient préparés à la va-vite et déposés dans un comptoir vitrine pour allécher le passant : portions de pizzas, kebabs, galettes vendues à des prix dérisoires. L'une d'elles m'a paru acceptable. Sa pâte enveloppait du fromage, des épinards, des tomates, peut-être des morceaux de pommes de terre. Un sandwich végétarien, c'était inespéré. Je l'ai acheté et j'ai mordu dedans, debout sur le trottoir.

Dès la première bouchée, j'ai compris qu'il y avait une fatalité albanaise à laquelle il était impossible d'échapper. La galette était farcie de viande d'agneau grillée, dissimulée avec soin à l'intérieur pour que le client ne puisse s'en douter. Un cheval de Troie culinaire. Dans mon état de détresse physique et de capitulation morale, j'ai continué de mastiquer aussi furieusement concentré qu'un chien rongeant un os dans le caniveau. Mes dents claquaient, mon regard fixait la nourriture dont semblait dépendre toute ma vie. Et en un sens, elle en dépendait. Le premier qui osait m'adresser la parole se faisait bouffer avec le sandwich.

– Ça alors, a fait mon cricri, un byrek !

J'ai levé vers lui un regard mauvais. Mais aussitôt, le sens de sa phrase a atteint mon cerveau. Avais-je bien entendu byrek ? Il désignait les restes de galette qui pendaient entre mes doigts.

– Je te dis que c'est un byrek, j'en mettrais ma main à couper. Où as-tu acheté ça ?

Il s'est jeté à la devanture de Voskopoje et a appelé le cuistot avec le sourire bienheureux de l'explorateur arrivé au terme de son périple. Le type s'est pointé, la démarche chaloupée. Son sourire volait haut dans le ciel. Lui aussi, il était ouvert à la rencontre.

– Byrek ? a fait mon cricri, les yeux pétillants.

Ce n'était pas vraiment une question. Plutôt un mot de passe. Hélas, le vendeur ne l'a pas reçu cinq sur cinq. Son sourire a fait une chute de cinq cents mètres.

– *Byrek*, *no*, il a lâché, soudain très grave.

Mon cricri a tourné vers moi un visage défait.

– Aide-moi, il a gémi. Je sens que je deviens fou. Tu l'as trouvé où, ton truc ?

142

J'ai montré l'emplacement dans le comptoir vitrine, là où, cinq minutes auparavant, le vendeur avait pris le byrek. Il n'y en avait plus.

— Laisse tomber, a dit mon cricri, écœuré, en s'éloignant.

Je suis resté en arrière. J'ai regardé entre mes doigts les derniers lambeaux de pâte, les résidus de légumes et de viande liés par un mortier de fromage fondu. Alors, c'était ça, le byrek ? Cette denrée précieuse, cet edelweiss, ce trèfle à quatre feuilles ? J'ai senti un grand vide m'aspirer du dedans. J'avais eu entre les mains un mets d'une rareté exceptionnelle, un plat mythique, l'équivalent d'un ortolan ou d'une cuisse de yéti et je l'avais englouti comme un barbare, sans même y prendre garde. J'ai rejoint mon cricri, mortifié, plein de honte et de dégoût pour moi-même.

Mon camarade avait déjà oublié sa déconfiture. Il contemplait derrière une vitrine une poignée de clients blafards attablés dans un boui-boui.

— Je crois que je vais manger un morceau, il a fait en passant le seuil.

La déroute du byrek, loin de l'abattre, avait stimulé son appétit et sa confiance dans son flair gastronomique. Quant à moi, la galette n'avait pas calmé ma faim. Seulement, l'établissement ressemblait davantage à un appentis de garagiste qu'à un restaurant et j'ai préféré l'attendre sur le pas de la porte.

— T'as pris quoi ? j'ai tout de même demandé en passant la tête par l'embrasure.

– Aucune idée. Du *paçë koke*. Pas mal comme nom.

Le serveur lui a apporté une assiette creuse dans laquelle quelques îlots solides émergeaient d'une lourde flaque beige. Il a examiné le plat avec circonspection, s'est armé d'une cuillère, en a porté un échantillon à ses lèvres. Il n'a marqué aucune réaction, mais son visage s'est fendu en deux dans le sens longitudinal.

C'était une soupe à la tête de mouton.

Lorsqu'il est sorti, il n'a fait aucun commentaire et je n'en ai pas fait non plus. Nous avons remonté la rue Quemal Stafa, menton volontaire, mâchoires contractées. Nous avons bifurqué à gauche, puis à droite d'un même mouvement. Rue Kristoforidhi, nous avons marché au cordeau jusqu'à la place Sulejman Pasha et là, nous avons foncé ventre à terre vers le fast-food.

Nous en avons poussé haineusement les portes.

Nous sommes allés direct à la caisse.

Et nous avons avalé un *bifteke*, un grand plat de *patáte*, trois *suflaqe*, quatre *chiches-kebabs*, deux bières et deux Coca dans un silence qu'aucun des clients présents dans la salle n'a osé venir troubler. Un jour, il y a longtemps, j'avais été végétarien. C'était un luxe de nanti que je ne pouvais plus me permettre.

Après le repas, nous nous sentions d'humeur insouciante, bien qu'un peu ballonnés, et nous sommes allés nous promener. Aux abords de la place Skanderbeg, sur les espaces verts, des hommes dormaient dans l'herbe comme des bienheureux. Un gamin avait installé une table sur un trottoir et, muni d'un annuaire, il louait un vieux téléphone dont le fil remontait dans un arbre. Je l'ai suivi des yeux. Le raccord ressortait du feuillage voisin et piratait une cabine téléphonique plantée derrière. À quelques mètres, un flic surveillait le trafic sans y prêter attention.

Nous nous sommes rendus au Block pour quelques repérages. Une fête s'y préparait sous l'égide de Vodafone. Des techniciens installaient une rampe de projecteurs et une sono sur une scène qui avait été montée dans la rue principale. Il était dix-neuf heures, les filles commençaient à apparaître. Nous sommes revenus à l'hôtel prendre un peu de repos. Nous avions tout notre temps. La nuit allait être longue.

Lorsque nous sommes ressortis, un orage venait d'éclater et la digestion des *qofta*, du *byrek*, du *paçë koke*, des *bifteke*, des *patäte*, des *suflaqe* et des *chiches-kebabs* se révélait plus compliquée que prévu. Nous éprouvions une grande lassitude dans les membres inférieurs, dans les membres supérieurs et dans les divers organes qui se situent entre les deux. Aussi avons-nous jugé prudent de nous accorder une première pause vingt mètres après l'hôtel, dans un bar décoré de photos de Brando, de John Wayne et d'autres acteurs américains contemporains des Kinks. Après tout, nous avions le temps, la nuit serait longue.

Nous avons refait le plein de boissons à bulles détergentes, histoire de réfléchir à la meilleure manière d'employer notre soirée. Nous avons médité la question une demi-heure devant nos verres sans parler. En fin de compte, nous sommes tombés d'accord : la vie nocturne, ni lui ni moi n'en avions rien à foutre. Lorsque nous avons éteint les lumières, il n'était pas vingt et une heures.

Dix-huit

Au petit jour, j'avais l'air de sortir d'une séance de maquillage pour *Le Bal des vampires*. Quand il a ouvert les yeux, mon cricri m'a regardé avec une mine catastrophée.

– Je suis crevé, il a fait. J'ai pas fermé l'œil de la nuit.

Nous sommes allés prendre un café turc qui nous a montés sur ressort et sommes sortis pour quelques emplettes au marché central de Tirana. Nous étions mercredi. Il était temps de songer à ramener quelques babioles pour nos proches. Après une absence vouée aux plaisirs et à la culture, il faut savoir se rendre populaire auprès de ceux qu'on a laissés chez soi.

J'espère que tu ne comptes pas écumer les boutiques, m'a averti mon cricri. Les souvenirs, je te préviens, ça me colle de l'urticaire.

– Non, bien sûr, tu penses. C'est pas notre genre.

J'avais mon idée sur ce qui pourrait plaire à ma petite famille. Pour ma fille aînée, le CD de *Hurricane ! Hurricane !* s'imposait. Quand je l'aurais forcée

à écouter ce truc en boucle pendant quinze jours
– j'estimais sa résistance supérieure à la mienne –, elle
serait immunisée à tout jamais contre les vagissements
des brutes à casquette. Pour ma fille cadette, c'était
plus compliqué. Je voulais lui offrir un modèle réduit
d'une maison albanaise typique, avec parpaings appa-
rents, toit en béton hérissé de ferraille. Ça ferait une
chouette résidence secondaire pour ses figurines Disney, Pixar et Dreamworks. Quant au petit, rien de
plus simple. La veille du départ, j'entrerais dans le
premier bistrot venu et je me ferais emballer un joli
assortiment de *suflaqe*, *chiche-kebab*, *qofta* et *byrek*
dorés dans l'huile, il allait adorer.

– Et ta femme ? m'a demandé mon cricri.

– Quoi, ma femme ?

– Tu ne ramènes rien à ta femme ?

– Bien sûr que si, je ne pense qu'à ça.

Je n'avais même que l'embarras du choix. Mini-
jupe, robe légère, escarpins ouverts, je voulais lui
trouver quelque chose de représentatif de notre
voyage. Restait à savoir où se fournissaient les filles du
Block.

– Et toi ? j'ai demandé. Pour ton père ? Tu penses
à quoi ?

– Une bouteille d'alcool, il a répondu.

J'ai eu comme une absence. Je n'étais pas sûr
d'avoir bien entendu. Il ne pouvait pas détester son
père autant que ça.

– Tu veux dire une bouteille de…

– De raki, il a fait. On a les mêmes goûts, lui et moi.

Au marché central de Tirana, nous n'avons trouvé que des légumes flétris, des fruits épars et de maigres quartiers de viande qui servaient d'aérodromes à mouches sur des étals de bois noir. Dans les ruelles adjacentes, quelques réduits sans fenêtre abritaient des fripes et de grands sacs d'épices. Un marchand, assis sur le trottoir, cédait du tabac en vrac, du scaferlati arrivé de Turquie, et un mécano réparait une mobylette avec un matériel qui tenait tout entier dans une boîte à chaussures.

Nous avons pris le chemin du Block où il nous semblait avoir remarqué des boutiques. Seulement, les seules vitrines repérables étaient celles des bars en enfilade, dont certains nichaient dans une excavation sous le niveau du trottoir. Nous avons arpenté les environs du casino. Nous avons traversé à pas lents le parc Rinia, puis fait une longue halte sur les marches de la Galerie nationale d'art de Tirana. Et en début d'après-midi, nous étions de retour à l'hôtel, allongés sur nos lits, les yeux dans le vague. Officiellement, il nous restait encore deux jours à tirer en Albanie.

– C'est quand même dommage, j'ai commencé.
– Pardon ?
– Non, je dis : c'est dommage d'avoir fait toute cette route, d'avoir traversé la péninsule italienne, sans avoir visité Bari.

– Ça, je suis d'accord, il a répondu. C'est un peu le point faible de notre voyage.

– Culturellement, c'est même une erreur. Bari, c'est pas loin de la plaine de Cannes, je te signale. C'est là qu'Hannibal a infligé aux Romains une des plus cuisantes défaites de leur histoire, je ne sais pas si tu réalises.

– Tu me troubles, il a fait. C'est vrai qu'on n'aura pas de si tôt l'occasion de revenir dans le coin.

L'argument était décisif. Nous avons décidé d'embarquer le soir même pour l'Italie. Quitter le pays du byrek était une décision difficile. Cependant notre soif de culture l'emportait sur toute autre considération. Nous avons bouclé nos bagages et couru vers la station routière.

Le terminal des bus était plus grouillant que jamais. Le car pour Durrës stationnait devant une énorme flaque et quelqu'un avait jeté un carton au milieu pour servir de gué aux passagers. Nous avons attendu que le chauffeur se décide à démarrer. *Dourrèch !* *Dourrèch !* gueulait-il à la cantonade. Juste à côté, un de ses collègues pissait contre le pneu de son propre véhicule.

– De toute façon, il ne peut pas avoir appris le caniveau, m'a fait mon cricri d'un air philosophe.

– Parce qu'il n'a pas d'éducation ?

– Non, parce qu'il n'y a pas de caniveau.

Le car a démarré et il s'est mis à pleuvoir. Le contrôleur est venu fermer les fenêtres. Toutefois il y avait des fuites, la pluie coulait à l'intérieur. Mon cricri s'est réfugié dans le sommeil, je regardais sans les voir les gouttes ruisseler sur la vitre. Lorsque j'ai reconnu les chantiers interrompus de Durrës, les grues abandonnées, les parpaings, les blocs de béton, j'ai éprouvé une certaine allégresse. Dans quelques heures, nous serions à bord du ferry et le lendemain nous foulerions à nouveau le plancher des vaches – *notre* plancher des vaches. J'avais tenu le coup. J'avais remporté sans perdre ma dignité une victoire sur moi-même.

À l'arrivée, j'ai été pris d'un besoin pressant. Nous sommes entrés dans un bistrot, celui-là même où nous avions espéré un petit déjeuner le jour de notre arrivée. Le patron, avec ses cheveux frisottés et sa grosse moustache à la Saddam Hussein, nous était familier. Et nous aussi, nous lui étions familiers. Il a esquissé un bon sourire de reconnaissance. Les dents qui lui manquaient étaient heureuses de nous revoir.

Je me suis contenté de grogner *káfe* et de poser un préalable à toute reprise du dialogue : où étaient les toilettes ?

– *Me ç'kuptím ?* il a demandé en dodelinant de la tête.

Il n'avait pas compris, mais il était content. De mon côté, je croisais les jambes pour supporter la pression qui s'exerçait sur mon bas-ventre. En me voyant me tordre, le patron a fini par saisir. Sa moustache s'est affaissée. Une triste averse de poils. Il ne riait plus du tout. Il n'avait pas de toilettes.

Je me suis jeté dehors, les mâchoires contractées. Il me fallait un autre bistrot. Il n'y en avait pas. Il me fallait des toilettes publiques. Il n'y en avait pas non plus. Je suis passé dans une autre rue, puis encore dans une autre. Je me suis mis à courir. Aucune solution ne se présentait. La vessie percée de coups d'aiguilles, je me sentais sur le point d'éclater. Je galopais, affolé, ne sachant que faire, où aller, quel parti prendre. Quelle aurait été l'attitude du consul P. Sulpicius Galba dans de telles circonstances ? Qu'aurait-il fait, menacé d'imploser, privé de tout secours dans les ruelles de Rome ?

Je savais très bien ce qu'il aurait fait.

Au fond d'une cour, j'ai vu des véhicules qui stationnaient devant un mur pulvérulent et gris. J'ai jeté un regard autour de moi. Il n'y avait personne. Je me suis précipité entre deux voitures, j'ai ouvert ma braguette et j'ai pissé contre le mur. Aussitôt des quolibets ont éclaté dans mon dos depuis les balcons de l'immeuble. Les habitants s'appelaient les uns les autres, se prévenaient du spectacle, m'interpellaient en riant. Leurs cris me parvenaient amplifiés par l'écho de la cour.

Il m'était impossible de m'arrêter et j'ai continué de pisser avec une dignité toute romaine, tandis qu'ils se payaient ma tête. Je suis resté imperturbable et une fois soulagé, je m'en suis allé sous les lazzis, le front haut, le menton altier, d'un pas martial et souverain de consul de la République.

Dix-neuf

Dix-sept heures venaient de sonner. Il était temps de prendre nos billets. Une traversée de deux cent quatre-vingts kilomètres sur la mer Adriatique et nous serions en Italie. Nous avons franchi le seuil d'une agence de voyages, pétulants, inattaquables de bonne humeur. En nous apercevant, l'employée a esquissé un sourire goguenard.

– *S'kam bilétave*, elle a fait.
– Je vous demande pardon ?
– *S'kam bilétave*.

La danse des signes a commencé. Mon cricri s'est lancé avec fougue. Grands gestes, roulements d'yeux, hochements de tête. Sourires. Avec un peu d'espagnol, mais prononcé d'une manière étrange, ondulatoire, plein d'explosions sonores comme du parler rital entre engueulade et protestation d'amour. C'était sa dernière trouvaille. Vu que dans les zones frontalières les gens baragouinent toujours un peu la langue du pays voisin, il s'était mis à manier l'espagnol avec l'accent italien. Par homophonie, quelqu'un finirait bien par le comprendre.

— *Habeis billetes, por favor, señoritita ?*

La fille le dévisageait avec le même sourire ironique.

— *S'kam bilétave*, elle répétait.

Mon cricri s'est raclé la gorge.

— On n'arrive à rien, il a fait.

— C'est peut-être *señoritita* qu'elle n'a pas compris. T'es sûr que c'est de l'espagnol ? C'est pas bizarre comme formule, *señoritita* ?

Une expression de fierté a éclairé son visage.

— C'est une tournure mexicaine, il m'a confié. J'ai épaté plus d'un prof d'espagnol avec ça.

— Mais t'es sûr qu'elle…

— Qui ça ?

— La fille. Tu crois vraiment qu'elle…

Elle nous a interrompus avec un tableau de réservation de la compagnie maritime. Tout en haut de la feuille, nous pouvions lire la date du jour : mercredi 30 août. De la pointe du stylo, elle nous montrait une série de croix qu'elle avait tracées au feutre noir dans de petits rectangles. Toutes les cases étaient cochées.

— C'est complet, avons-nous murmuré en chœur.

Puis nos voix se sont éteintes.

Il n'y avait plus de place sur le ferry du soir.

Nous lui avons indiqué la date du lendemain. Est-ce que c'était possible, le lendemain ? Elle a haussé les épaules avec le même air railleur. Demain ? Oui, demain, peut-être. Ou peut-être pas, est-ce qu'elle savait. Demain, c'était un autre jour. Demain, c'était différent. Chaque chose en son temps. Elle se marrait ouvertement à présent. Demain, quelle question.

Il y a eu un moment de stupeur.

Suivi d'un éclat de rire.

– Demain, j'ai hoqueté. Mais oui, bien sûr, demain !

– Ou après-demain ! a fait mon cricri en se tenant les côtes.

– D'ici là, j'ai ajouté, pourquoi ne pas en profiter…

Je ne me contenais plus, il a fini ma phrase à ma place :

– C'est l'occasion ou jamais de visiter le pays !

La fille nous observait avec un sourire jusqu'aux oreilles. Nous riions tous de bon cœur maintenant. Notre sens de l'humour était communicatif. Quelle sacrée équipe nous formions ! Toutefois les meilleures choses avaient une fin. Nous avions encore à faire, il fallait se quitter. Nous avons rouvert la porte et pris congé avec force manifestations d'amitié.

– *Hasta la vista*, a pouffé mon cricri en sortant.

– Et *viva la muerta*, j'ai lancé en essuyant mes larmes.

Sitôt dehors, un silence de plomb s'est abattu sur nos épaules. Figés devant la boutique, nous avons contemplé le décor portuaire. Les grues rouillées, les immeubles en ruine, les trottoirs fracassés et les flaques. Tout près de nous, un homme poussait une brouette dans laquelle un autre était avachi, une canette de bière à la main, un mégot à la bouche. Arrivé à notre niveau, le passager a jeté la bouteille contre le mur d'en face où elle a volé en éclats, tandis que l'autre nous fixait d'un air arrogant.

Mon cricri a fait volte-face et poussé de nouveau la porte de l'agence. Il s'est composé un large sourire, a porté un index à son front. Il avait oublié un détail.

– *Para los billetes…*

Il a balayé la pièce d'un regard circulaire.

– *Mmmh, no manera ?* il a fait avec une friction de l'index et du pouce.

– Qu'est-ce que tu dis ? j'ai demandé.

– T'inquiète, laisse-moi négocier. Il doit y avoir du marché noir, c'est pas possible. On va sans doute nous demander une rallonge, j'ai déjà vu ça ailleurs.

La fille l'a toisé d'un air pincé en lui signifiant qu'elle ne comprenait pas le sens de sa question. Il a insisté, mais il n'y a rien eu à faire. Elle est demeurée imperméable à la négociation.

– Sortons, a fait mon cricri. C'est pas ici que ça se passe.

– Tu crois qu'il nous reste une chance ?

– Écoute, on n'aura pas fait trois pas qu'un type va nous proposer des billets pour le double du prix. Demain, on est en Italie, fais-moi confiance.

Dans la rue, pourtant, personne n'est venu nous taper sur l'épaule. Nous attendions notre sauveur. Il n'avait pas dû être prévenu de notre arrivée.

– On va où, là ? me suis-je inquiété au bout de cinq minutes.

– À l'agence suivante. Il doit y avoir une combine. On n'a pas dû frapper à la bonne porte.

Dans la deuxième agence, nous avons été refoulés sans ménagement. La fille avait le teint bistre et des cernes noirs autour des yeux. Quoi ? Des billets pour un ferry ? Et puis quoi encore ! Et pourquoi pas prendre un bateau pendant qu'on y était ! Nous avons battu en retraite sans barguigner. Ça commençait à sentir le roussi, j'éprouvais un début de gêne dans la gorge et un sombre pressentiment.

Nous avons décidé d'écumer les agences jusqu'à ce que nous trouvions une main secourable. En franchissant le seuil de la troisième, je n'arrivais déjà plus à déglutir. L'employé affichait un visage de cire et avait une voix chuintante. Comme il parlait anglais, il nous a éclairés très vite. Tous les ferries pour l'Italie étaient complets jusqu'au 5 septembre.

– Hein ? a fait mon cricri. C'est quoi, cette blague ? On a un avion à Bari le 2, il le sait, ça ?

J'ai hoché la tête. L'employé nous observait d'un air morne. Il le savait.

– Ça nous fait six jours d'attente, j'ai ajouté. La rentrée scolaire sera passée, j'aurai manqué un rendez-vous avec un client… Et toi, tu reprends quand, au cabinet ?

– Le 4. Je plaide au tribunal l'après-midi.

– Remarque, c'est pas tellement pour le principe, j'ai dit. Le côté imprévu, c'est plutôt excitant. Et on en a vu d'autres…

– Tu penses, il a répondu, l'air préoccupé. Tu penses.

– Va juste falloir trouver une solution pour manger.

Une panique invincible s'est emparée de nous. Subitement, nous étions prêts à doubler le budget du voyage, à perdre nos billets d'avion en Italie, à payer au prix fort un vol Tirana-Paris le soir même. Tout, absolument tout plutôt que de croupir ici un jour de plus.

L'employé nous a considérés avec des yeux de poisson mort. Il a lâché le missile suivant.

Pas d'avion avant le 15 septembre.

– Quoi ! s'est exclamé mon cricri. Il se fiche de nous, dis-moi que je rêve ! Pas d'avion au départ de la capitale avant quinze jours ! C'est quoi ce pays ? Jamais vu un truc pareil !

– Mon Dieu, j'ai gémi. Qu'est-ce qu'on va devenir ?

J'avais l'impression que le ciel nous tombait sur la tête. L'aventure tournait au cauchemar.

C'était la rupture intégrale avec le système.

Nous étions prisonniers en Albanie, loin des nôtres, loin de tout. Une série d'images fulgurantes a défilé sous mes yeux. Je nous voyais en orbite, dans des cars pourris, traînant nos sacs de flaque en flaque pendant une semaine et peut-être beaucoup plus.

Rien ne nous garantissait qu'une autre mauvaise surprise n'allait pas nous attendre et alors ce serait la glissade tragique, la précarité, le désespoir, l'assimilation progressive, *suflaqe*, byrek, raki et perte de sensibilité du pouce gauche jusqu'à ce que mort s'ensuive.

– On part en Grèce, j'ai fait. Tout de suite. On descend jusqu'à la frontière en autocar. Et à Corfou, on prend un ferry pour Brindisi.

J'avais du mal à respirer, le syndrome du noyau de prune explosait dans ma gorge. Mon cricri m'a considéré avec amertume.

– Tu es dans le déni, il a fait. Tu refuses de voir la réalité en face. On n'a pas été fichus d'atteindre Dhërmi, comment veux-tu qu'on trouve la frontière grecque ?

– Alors, on rentre à Paris par la route. En auto-stop.

Il s'est massé le menton, il pesait le pour et le contre.

– C'est une idée, il a dit. Par la Bosnie ?

– C'est sur la route.

– Et ensuite : Croatie, Slovénie, Italie ?

– À moins que tu ne préfères l'Autriche.

– Pourquoi pas, c'est une occasion.

Il continuait de se frictionner la mâchoire, plongé dans ses réflexions.

– Et puis Vienne à Noël, ça doit être pas mal.

Je l'ai fixé, interloqué. Son cou avait rougi par plaques. Une veine bleue palpitait sur sa tempe. Il a tourné vers moi des yeux farouches. Des yeux dans lesquels brûlait une flamme blanche et dure.

– Donne-moi ton portefeuille, il a fait.

Je suis resté muet. Dépouillé par son meilleur ami. La première marche dans la descente aux enfers. Évidemment, j'aurais dû y penser.

– L'adresse de l'ambassade, il a repris. Tu l'as bien dans ton portefeuille ? Donne-la-moi. Ça va être plus rapide que l'auto-stop, tu vas voir.

À cet instant, l'employé de l'agence a levé un index. Son visage était parfaitement lisse et flasque.

– *There is maybe a catamaran*, il a fait d'une voix atone.

– Qu'est-ce qu'il a dit ?

– Sais pas. J'ai entendu catamaran. T'as pas entendu catamaran, toi ?

– Non. C'est vraiment ce que tu as entendu ? Catamaran ?

– J'ai dû mal comprendre. Catamaran, ce doit être une erreur.

– D'un côté, s'il l'a dit, c'est peut-être qu'il y en a un.

– Oui. Mais je n'en suis pas sûr. J'ai peut-être entendu autre chose. Catamaran, ça n'est pas très crédible.

– C'est vrai. Sauf s'il l'a dit.

– Exact. Mais je n'en suis pas sûr.

Il y a eu un silence. Nous étions debout, un peu gauches. L'employé de l'agence nous toisait, le visage impassible. Il attendait qu'on décide quelque chose.

Lui, il n'avait rien à vendre. Libre à nous de ne rien prendre ou de ne pas acheter, il avait tout son temps.

Mon cricri a réclamé des précisions. Le type s'est mis à chuinter. Un catamaran pouvait nous conduire en Italie le surlendemain. C'était plus cher que le ferry, mais beaucoup plus rapide. Trois heures suffisaient pour traverser l'Adriatique. On quittait Durrës le matin à neuf heures trente et à midi et demi, le bateau accostait à Bari.

– T'es déjà monté sur un catamaran ? m'a fait mon cricri.

– Non. J'en ai même jamais vu. Et toi ?

– Moi non plus.

Nous nous sommes sondés du regard. Une peur atroce m'empoignait les entrailles. Je n'avais aucun goût pour les aventures maritimes et aucune envie de monter sur un rafiot douteux piloté par un inconnu. Les fonds sous-marins dans le coin devaient être jonchés de cadavres de clandestins liquidés en cours de route par des passeurs sans scrupules.

– Remarque, ça peut faire un retour pittoresque, a observé mon cricri. J'aime bien les bateaux, moi.

J'ai dégluti avec bruit, je me suis raclé la gorge. Le noyau de prune atteignait la circonférence d'une pastèque.

– Hein, qu'est-ce que t'en dis ? a poursuivi mon camarade. De toute façon, on n'a pas le choix. Et puis, ça peut être sympathique.

– Exactement, j'ai bredouillé. On n'a pas le… Ça peut être sympathique.

Vingt

J'ai présenté ma carte bancaire. *No credit card*, a objecté le type de l'agence. *Only cash.* Nous sommes devenus exsangues. Il nous restait l'équivalent de quinze euros en liquide, les banques étaient fermées et nous nous souvenions que les distributeurs de Durrës avaient refusé de fonctionner le jour de notre arrivée. L'Albanie était une tragédie permanente.

Il fallait tout de même tenter notre chance. Nous sommes sortis de l'agence en courant.

– C'est pas vrai, je maugréais. On va pas avoir droit à ça *aussi*. Tu vas voir qu'on va y avoir droit. Tu vas voir qu'on ne va pas pouvoir payer la traversée.

À notre grand soulagement, le premier guichet automatique a accepté ma carte et j'ai pu obtenir la somme dont nous avions besoin. Mais pas un lek de plus : j'avais atteint la limite de mon retrait autorisé pour la semaine.

Nous sommes revenus à l'agence au pas de charge. Dès notre entrée, j'ai senti que l'atmosphère avait changé. Tout à l'heure, l'employé était seul et maintenant, il y avait ces cinq types à moustache qui n'avaient pas l'air de voyageurs, qui semblaient attendre quelque chose et qui ont fait brusquement le silence en nous voyant arriver. Nous avons été invités à nous asseoir. La pièce était petite, les cinq types sont restés debout derrière nous.

L'employé a commencé les formalités.

– Ils vont quand même pas rester là pendant qu'on déballe le pognon ? j'ai glissé à mon cricri.

J'avais un pneu de semi-remorque en travers de la gorge. Dans notre dos, les types ne perdaient pas une miette de ce que nous faisions.

– J'aime pas ça, a dit mon cricri. J'aime pas ça du tout.

L'employé, qui avait l'air de trouver naturelle l'absence totale de confidentialité de la procédure, recopiait les informations portées sur nos passeports avec une lenteur exaspérante. Je me sentais oppressé, monté sur ressort, prêt à bondir vers la porte.

– Ils sont peut-être armés, a continué mon cricri.

– Tu… tu crois ?

– Des armes blanches, à tous les coups.

– Des armes bl… Comment tu sais ça ?

– C'est plus discret. Ça ne fait pas de bruit quand on s'en sert.

– Oh mon Dieu ! Qu'est-ce qu'on va faire ?

L'employé a réclamé le montant de la traversée. Mon cricri a plongé la main dans son blouson. J'ai suivi son geste en retenant mon souffle. Plus une mouche ne volait. Du coin de l'œil, je voyais la boucle du ceinturon de l'un des types et son poing court et trapu qui pendait contre sa cuisse.

– N'aie l'air de rien, a dit mon cricri sur un ton banal tout en me souriant. Ça va se jouer au bluff. Ils sont en train de nous évaluer. S'ils nous croient dangereux, ils ne tenteront rien. Il faut leur montrer qu'on n'a pas peur.

Je me suis mis à siffler *Le Pont de la rivière Kwaï*. Je regardais d'un air détaché les affiches de l'Adriatico épinglées sur les murs. En réalité, je ne perdais pas de vue les cinq types à moustache. Au premier qui mouftait, j'avais le choix entre m'emparer du coupe-papier que j'avais repéré sur le bureau pour le lui planter dans l'œil ou me jeter sur la porte pour foutre le camp. La première option me permettrait de montrer mon courage, mais la porte était d'un accès plus rapide.

Mon cricri s'est mis à compter les billets. Le silence était de plus en plus lourd. Je sifflais de plus en plus fort. Puis l'employé a vérifié la liasse. Il prenait son temps, c'était interminable. J'en étais à ma troisième interprétation du *Pont de la rivière Kwaï* quand il nous a délivré nos titres de transport, geste qui clôturait la transaction.

J'ai essuyé la sueur sur mon front. Nous avons salué l'assemblée sans élever la voix, avec des mouvements lents, pour éviter tout incident. Les cinq types ont opiné du chef et nous nous sommes retrouvés sur le trottoir, sains et saufs. À travers la vitrine, j'ai vu qu'ils parlementaient avec l'employé en montrant des lettres de réservation. Nous avons marché jusqu'au coin de la rue et là, nous avons explosé de joie.

– Cette fois, ça y est ! j'ai exulté. On est sûrs de rentrer, mon cricri. Tu te rends compte ? L'Italie ! Cannes ! Hannibal ! C'est comme si on y était !

– Champagne ! il a crié. On va claquer tout l'argent qui nous reste !

Nous nous sommes éloignés, bras dessus bras dessous, ravissants et radieux, la marche fleurie de quelques pas de gigue.

Vingt et un

Nous marchions dans les rues désertes de Durrës et, passé la première euphorie, la fatigue à nouveau nous tombait dessus. C'était le jour même que nous avions arpenté le marché de Tirana, que nous avions cherché en vain une boutique, que nous étions revenus à pied vers la station des cars, que nous étions montés dans ce bus qui prenait l'eau, que j'avais couru partout pour trouver des latrines, que nous avions écumé les agences de voyages, et que tant d'inquiétudes et de frayeurs nous avaient assaillis.

Arrivés sur une place dominée par une mosquée aux murs safran, nous avons posé nos sacs à terre.

– Il faut regarder la situation en face, a fait mon cricri. Nous devons tenir jusqu'à après-demain et il nous reste deux mille leks.

– C'est combien une nuit d'hôtel déjà ?

– Trois mille cinq.

J'ai froncé les sourcils. J'étais vidé. Je n'arrivais plus à réfléchir. J'ai changé mon sac d'épaule, je me suis dandiné. Mes yeux se sont posés sur une enseigne qui brillait dans une ruelle. Chez Repeto. Un hôtel.

– Parfait, j'ai dit. Bon, on y va ? Un bon lit ne me ferait pas de mal.

Mon cricri a sursauté et s'est gratté la nuque.

– Le problème, il a commencé, c'est qu'il est possible que nous ayons à sacrifier certaines dépenses…

Il me jetait des regards par en dessous et fourrageait dans ses cheveux.

– Qu'est-ce que tu sous-entends par là ? j'ai demandé.

Je sentais qu'il me cachait quelque chose.

– Eh bien, il me semble qu'avec deux mille leks, ça va être difficile d'avoir à la fois le gîte et le couvert.

– Ah bon ? je me suis étonné. Comment ça se fait ?

J'étais ébahi. Depuis le début du séjour, je n'étais pas parvenu à me familiariser avec la conversion en leks et j'avais laissé mon cricri se charger de toutes les opérations. C'était comme les euros, je n'avais jamais pu m'y habituer.

– Eh bien voilà, il a poursuivi. Si tu pars du principe qu'on ne peut pas tout avoir avec rien, qu'un commerçant n'est pas nécessairement un philanthrope et que trois mille cinq est en général un nombre supérieur à deux mille, j'ai bien peur que nous soyons conduits à nous gêner un peu aux entournures.

– Ah bon, j'ai répété.

Cette fois, j'étais assommé. Je commençais à prendre la mesure de la situation. Durrës, son port, ses bas-fonds, son chaos de béton.

– Oui, a-t-il repris. Et compte tenu de ton état de santé, on ne peut pas se permettre de sacrifier le budget nourriture.

– Sans parler de ton organisme, j'ai acquiescé. Tu es à bout.

Nous avons contemplé un moment nos chaussures.

– Alors il faut sacrifier l'hôtel, j'ai conclu, la voix blanche.

– De toute façon, on n'a pas de quoi le payer.

Nous sommes restés figés, les pensées en chute libre. Durrës, son port, ses bas-fonds, ses meurtres de vagabonds.

Un frisson m'a remonté l'épine dorsale. J'ai relevé lentement la tête et mes yeux se sont posés sur l'enseigne de l'hôtel Repeto. J'ai senti qu'au même moment, mon cricri en faisait autant. Nous nous sommes regardés. Nous avons ramassé nos sacs. Et nous avons foncé sans un mot jusqu'à sa porte.

À la réception, un adolescent au visage prognathe était en faction. Il ne devait pas avoir plus de seize ou dix-sept ans. Cela nous a mis en confiance. J'ai remarqué que toutes les clefs étaient accrochées au tableau. Nous avons demandé une chambre. Pour combien de temps, nous ne savions pas. Nous étions des touristes de l'Union européenne en vacances, nous comptions visiter la ville, puis la région. Les détails matériels n'avaient pour nous aucune importance. Le jeune gars, impressionné, ne nous a pas demandé de régler à l'avance.

Nous nous sommes retrouvés dans une chambre d'enfants proprette avec des lits jumeaux en pin de Norvège. Les couettes portaient des personnages de dessins animés en motifs imprimés. J'ai choisi la couette Mickey et mon cricri la Titi et Gros Minet. Nous nous sommes écroulés sur les couchages. Il y avait une salle d'eau, un climatiseur et une télé posée sur une tablette.

Après une demi-heure d'immobilité, je suis allé prendre une douche. Alors que l'eau chaude ruisselait sur mes épaules, j'ai entendu qu'on frappait à la porte. C'était le jeune de la réception qui avait oublié de demander un passeport pour remplir son registre.

— Donne-lui le mien, j'ai crié depuis la douche.

Mon cricri est allé le chercher dans mes affaires et le réceptionniste l'a vu circuler en slip, tandis que des bruits d'eau lui parvenaient du cabinet de toilette. Il a détourné la tête, empoché le passeport et s'est empressé de s'enfuir. Au sortir de la douche, j'ai trouvé mon camarade piqué au vif, le rouge au front.

— C'est inouï, il s'est indigné. Le bouquet ! Décidément, il m'aura fallu tout subir. Tu sais pour qui il m'a pris, le gamin ?

— Pour un touriste, j'ai fait. Quoi d'étonnant, c'est ce qu'on lui a dit nous-mêmes tout à l'heure.

Il m'a fusillé des yeux.

– Un touriste, tu parles ! Ce regard qu'il m'a envoyé ! Il nous prend pour deux homos en goguette, oui !

J'ai hoché la tête.

– Je comprends qu'il se soit senti mal à l'aise. Dans ce pays, l'homosexualité est encore un sujet tabou. C'est très mal vu, tu sais, de l'afficher.

– Hein ? il s'est écrié. Afficher quoi ? Je vois vraiment pas de quoi tu parles.

Il était assis sur son lit, en slip, bras croisés, de plus en plus rouge. Je suis allé m'allonger sur ma couette Mickey. J'ai croisé mes bras derrière ma tête.

– Allons, détends-toi. C'est pourtant vrai qu'on ressemble à deux types en pleine lune de miel.

Il m'a jeté un coup d'œil méfiant.

– Regarde-moi, j'ai poursuivi. Est-ce que je n'ai pas l'air de t'avoir enlevé à tes parents ? Honnêtement ?

Il a considéré ma question, détaillé mes yeux cernés, mon menton grisâtre, mon teint de topinambour. J'ai senti qu'il vacillait.

– Est-ce qu'on ne ressemble pas, toi et moi, à deux amoureux en fuite, à deux petits Français à la recherche d'un prêtre pour les marier ?

Il a esquissé un sourire.

– Tu crois que c'est ce qui nous a plantés au Block ?

Nous avons éclaté de rire. C'était nerveux.

– Bon. Et maintenant, qu'est-ce qu'on fait ? j'ai demandé.

Sur le plan financier, notre situation était claire. Les deux mille leks devaient être utilisés avec la plus grande parcimonie. Quinze euros pour trois repas, le calcul prévisionnel était simple. Il suffisait de diviser. Cela donnait des repas à deux euros cinquante par personne. Nous n'intégrions pas le prix des petits déjeuners, ils étaient compris dans celui de la chambre. Et le prix de la chambre était un problème secondaire. Un problème que nous n'envisagerions que plus tard. Lorsque nous aurions dépensé tout le reste.

Vingt-deux

J'ai récupéré mon passeport à la réception et nous sommes sortis pour dîner. Une rue animée s'enfonçait vers le centre, fermée à la circulation par des bornes de signalisation mobiles. Une foule compacte y circulait dans les deux sens.

— Tiens, les filles du Block, a noté mon cricri.

— Ça me rappelle ma jeunesse, j'ai fait. Le temps de notre splendeur. Tirana, tu te souviens ?

Nous avons examiné à la loupe les devantures des bistrots. Nous étions beaucoup moins regardants sur le menu qu'à notre arrivée dans le pays. Plus question de mets raffinés, garantis sans colorants ni matières grasses. Ce que nous voulions désormais, c'était du lourd, de l'épais. Se caler pour la nuit avec deux euros cinquante, telle était la gageure.

Notre choix s'est fixé sur une gargote qui affichait des prix modiques. Le patron avait le physique de Charlie Chaplin jeune : très brun, le nez légèrement busqué et les yeux bleus transparents. Son sourire chaleureux était à s'y méprendre. On eût dit qu'il allait sortir son chapeau et sa canne pour un petit tour de piste avec sa fameuse démarche en canard.

Nous avons englouti un gros *doner-kebab* que nous avons noyé dans du Coca pour le faire gonfler dans notre estomac. Le repas a été expédié en moins de dix minutes. Une fois rassasiés, nous nous sommes mis à fumer en regardant passer les filles. À vingt et une heures, un flic de la *policia rrugore* s'est pointé et a enlevé les bornes de signalisation sur la chaussée. La voie s'est ouverte à la circulation. Les minijupes et les soutiens-gorge à balconnets ont disparu et les hommes, un à un, ont commencé à quitter les terrasses.

— Pas très résistantes en province, les filles du Block, j'ai remarqué.

— Ouaip, y a qu'à Tirana qu'elles tiennent la route.

J'ai grillé deux autres cigarettes. Depuis trois jours, la fumée ne me faisait plus tousser. Le tabac me procurait même du plaisir, j'ai trouvé cela inquiétant. Je me suis promis de cesser de me détruire dès que je serai rentré en France. En attendant, je m'en suis allumé une autre.

Le temps de la finir et nous étions les derniers clients du fast-food. Il était vingt et une heures trente, il n'y avait plus une âme dans les rues. Nous nous sommes retrouvés dans la chambre, allongés sur nos lits, accablés par la digestion des *kebabs* et par le couvre-feu. Vingt et une heures trente ! Qu'allions-nous pouvoir faire pour meubler la soirée ? Nos yeux se sont posés sur le poste de télévision.

– On ne va quand même pas regarder la télé ?

– Cet opium du peuple ? s'est offusqué mon cricri. Tu n'y penses pas !

– Ce serait un acte de faiblesse, j'ai acquiescé. Une reddition à l'ennemi.

Mon cricri a contemplé le plafond. J'ai scruté les dessins de Mickey Mouse sur ma couette. Les boutons jaunes de sa culotte à bretelles faisaient deux gros yeux sur son short pivoine. J'aimais bien ses gants blancs aussi. Et ses oreilles. Noires, toutes rondes. Très jolies. Des formes géométriques parfaites, duplicables sur des millions de produits dérivés dans le monde.

– Remarque, j'ai dit. Il est parfois utile de le connaître.

– Connaître qui ?

– L'ennemi.

– Tu as raison. Passe-moi la télécommande.

Nous avons regardé *Mission : impossible* sur une chaîne qui émettait depuis l'Italie. Du cinéma bourré de sauce, aussi indigeste qu'un *doner-kebab* arrosé de Coca. Tom Cruise y accomplissait son numéro dentaire habituel sur fond de guitares rock et d'explosions en chaîne. L'entendre baragouiner avec la volubilité italienne le rendait définitivement absurde. D'autant qu'il était aux prises avec un méchant dont l'ambition principale était de détruire la planète et qui n'avait nul besoin d'être doublé pour se faire comprendre : il portait ses intentions à même le visage.

– Gnark, gnark, gnark ! *I'm gonna kill you*, s'esclaffait mon cricri avec un air sardonique pour rétablir la version originale.

Dès que le film a été terminé, nous avons enchaîné avec *Hostage*, une superproduction avec Bruce Willis. Bruce Willis ne possède pas les aptitudes dentaires de Tom Cruise, mais il a des sourcils très mobiles. Quant au méchant, c'était le même et il poursuivait à peu près les mêmes objectifs. Au moment où Bruce Willis allait sauver la planète pour la quatorzième ou quinzième fois de sa carrière, j'ai été saisi d'une angoisse subite. Une pensée enfouie et venimeuse est remontée d'un coup à la surface.

Le catamaran.

Dans trente-six heures, nous allions monter sur un catamaran. Et pas n'importe lequel : un catamaran albanais. À son bord, nous allions accomplir une traversée de deux cent quatre-vingts kilomètres sur la mer Adriatique. Je me suis dressé sur mon séant.

– Le catamaran, j'ai fait, le corps contracté par un spasme.

Je me suis tourné vers mon cricri. Cependant Bruce Willis ou la fatigue avait eu raison de lui. Il venait de s'endormir sur sa couette Titi et Gros Minet, bercé par les explosions qui pétaradaient dans le téléviseur.

Il était plus de minuit. Je suis allé prendre dans mon blouson les billets qui nous avaient été délivrés à l'agence. Mon cœur s'est mis à battre plus vite. Les tickets étaient rudimentaires, tirés sur une imprimante. Quand l'employé nous les avait remis, je n'y avais pas pris garde : ni le point de ralliement ni le nom du bateau ou de son propriétaire n'étaient précisés. Il y avait bien un vague en-tête et une signature illisible. Toutefois, aucun cachet officiel, aucune référence commerciale, pas le moindre numéro de souche.

Une pluie de sueur est venue sur mon front. Nous avions payé en liquide, nous ne possédions aucune preuve de la transaction. Et c'était quoi, un catamaran, au juste ? Je suis retourné sur mon lit, dévasté par une série d'images terrifiantes.

Nous étions le surlendemain. Nous arrivions sur le port et il n'y avait pas, il n'y avait jamais eu de catamaran. Nous revenions à l'agence pour nous faire rembourser et il n'y avait pas, il n'y avait jamais eu d'agence. Nous tentions de faire la manche pour nous payer le billet retour, mais il n'y avait pas, il n'y avait jamais eu de billet retour.

Ou bien. Nous embarquions sur le catamaran et le rafiot était bien ce que je craignais : albanais. Les mâts tenaient avec des bouts de ficelle, les voiles étaient rapiécées, les flotteurs prenaient l'eau. Nous sombrions corps et biens dans l'Adriatique avant le kilomètre dix.

Ou encore. Nous embarquions sur le catamaran et l'équipage était bien ce que je craignais : albanais. Une fois au large, les matelots sortaient leurs surins, nous dépouillaient de nos affaires et nous coupaient en morceaux. Nous étions jetés par-dessus bord dans l'Adriatique avant le kilomètre dix.

176

J'ai été pris de vertige. Mon cœur pulsait à tout rompre, mes tempes étaient humides et le noyau de prune faisait son retour au music-hall. Il atteignait dans ma gorge les dimensions d'une station orbitale soviétique.

J'allais mourir loin des miens, dans un environnement inhospitalier, c'était horrible. Pourquoi fallait-il que ça m'arrive à moi ? Je n'étais ni grec, ni carthaginois, ni romain. Je n'avais rien accompli de glorieux. Pourquoi ne m'en tenait-on aucun compte ? Je n'étais qu'un Français comme un autre au siècle de la mondialisation. Un siècle qui, en principe, ne devrait permettre à personne de mourir loin de chez soi. Pourquoi les Albanais étaient-ils si anachroniques ?

Je songeais à ma femme, à mes enfants. Comme je regrettais à présent de ne pas leur avoir offert plus souvent des Adidas, des Puma, des Converse, sans parler des figurines Disney, Pixar, Dreamworks et de ces délicieux biscuits aux pépites de chocolat que mon épouse dissimulait dans le placard de gauche de la cuisine et que j'allais parfois grignoter la nuit en cachette. Maintenant je me sentais prêt à écouter du rap des nuits entières tout en me gavant d'escalopes en maillot Banana Moon. Quel sentiment atroce ! Découvrir où se trouvait la vraie vie au moment de la perdre !

Un bruit d'explosion m'a fait sursauter. C'était le téléviseur. Gnark, gnark, gnark, *I'm gonna k...* J'ai éteint le poste d'un coup de télécommande.

Une explosion plus puissante a retenti dans la pièce. C'était mon cricri qui ronflait. Oh mon Dieu, je pensais. J'ai peur. C'est donc ça, la peur ? J'étais seul, à deux mille cinq cents kilomètres de chez moi, dans un pays hostile où même les Romains étaient venus avec des légions, des cavaliers numides et des éléphants, et moi, je n'avais que mon cricri et encore il dormait.

Plus je m'efforçais de contrôler mes pensées, plus elles s'emballaient et tout mon corps se révulsait, muscles et tendons durs comme du bois. Deux jours plus tôt, j'avais absorbé ma dernière gélule d'écorce de magnolia. Que me restait-il que je n'avais pas tenté ?

Je me suis massé le point d'acupuncture E 40. Un truc qui était censé libérer l'énergie coincée dans le méridien de l'estomac. Mes pouces se sont enfoncés dans ma jambe gauche, à mi-distance entre la cheville et le genou, sous la crête du tibia. Ça ne m'apaisait pas du tout. Ça m'horripilait au contraire. Vraiment idiot de se tripoter les guiboles quand tout votre corps est à l'agonie.

À l'apogée de mon attaque de panique, je me suis renversé sur le lit au bord de la suffocation, secoué par des tremblements convulsifs. Calme-toi, je me disais. Calme-toi ou tu vas claquer. Ça avait le don de me mettre hors de moi. Calme-toi, je répétais toutes les deux secondes, calme-toi. Il n'y a rien de pire que d'entendre ce genre de conseil quand vous êtes en pleine crise de nerfs. À ma connaissance, la seule chose qui puisse vraiment vous calmer, c'est de voir quelqu'un en piquer une encore plus violente que la vôtre.

Je me suis jeté sur mon téléphone portable. J'ai écrit un SMS à ma femme. « Bloqués en Albanie. Plus aucun moyen de transport. Obligés de rentrer en catamaran avec des types louches. Si pas de nouvelles dans deux jours, alerte la police et la presse. *P.-S.* : dis aux enfants que je les aime. »

J'ai validé et envoyé le message. Puis j'ai coupé l'appareil, éteint la lumière, tiré les draps et je me suis endormi comme un bébé.

Vingt-trois

– Vous comprenez, insistait mon cricri, nous sommes deux amis. Deux vieux amis amateurs de voyages à la dure. C'est pour ça que nous ne venons pas avec nos familles.

Accoudé au comptoir, il faisait un brin de causette en espagnol avec le jeune réceptionniste. Celui-ci ne semblait pas à son aise. Son menton en galoche remontait devant lui comme l'étrave lourde d'un navire.

– J'aurais bien emmené mon père, poursuivait-il. Mais mon ami, avec sa femme et ses enfants, ce n'était pas possible. Il en a trois. Trois enfants, vous vous rendez compte ? Je suis le parrain du dernier. Vous aimez les enfants ?

L'adolescent le regardait avec une gêne croissante. Rouge jusqu'aux oreilles, il souriait timidement en se dandinant. Mon cricri ne s'en rendait pas compte.

– Allez, viens, je lui ai dit. Tu vois pas que tu lui fais peur ?

– Peur ? il s'est étonné. Pourquoi peur ?

180

Nous sommes sortis de l'hôtel Repeto. Le ciel d'un bleu presque turquoise pâlissait sur la ligne de découpe des toitures. C'était une belle journée. La dernière que nous passions en Albanie. Dans notre dos, une femme a ouvert sa porte et balancé à la volée un sac-poubelle contre un mur. Nous avons poursuivi notre chemin sans cesser de discuter.

Je m'étais réveillé dans d'excellentes dispositions. Un SMS de ma femme m'était arrivé pendant mon sommeil. « Mon chéri, ne monte pas sur ce bateau, disait-elle. C'est trop dangereux, je suis morte de peur. Veux-tu que j'alerte Mondial Assistance ? » Je l'avais relu une dizaine de fois avec satisfaction. « Jamais de la vie, j'avais répondu. L'aventure, c'est l'aventure. Je rentre en catamaran. »

Et j'avais éteint mon portable, galvanisé.

À la vérité, ma confiance retrouvée s'expliquait par un rêve éblouissant dont j'étais sorti tout ragaillardi. Nous étions dans le port désert de Durrës. Nous attendions avec désespoir un catamaran qui n'arrivait pas et commencions à nous considérer comme naufragés à jamais en terre albanaise. Soudain, la silhouette d'une embarcation pas plus grosse qu'une mouche se dessinait à l'horizon. D'abord indécise, sa forme se précisait et nous nous apercevions qu'il s'agissait d'une trirème qui voguait dans notre direction.

Nous la regardions approcher avec une excitation grandissante, surtout moi, et lorsqu'elle entrait dans le port, je reconnaissais avec une émotion indescriptible les fanions et les aigles de la légion romaine, les éléphants, les fantassins, les cavaliers numides, les archers crétois, les frondeurs des Baléares et les auxiliaires italiques, qui patientaient sur le pont avant l'accostage.

C'était le consul P. Sulpicius Galba qui venait nous chercher avec ses troupes pour nous ramener en Italie. Le contact avec lui était prodigieux. Je lui parlais en français et il me comprenait. Mon cricri lui parlait en espagnol et il le comprenait aussi.

– Vous vous exprimez étrangement, remarquait-il, les yeux rieurs. On dirait que votre syntaxe s'est un peu relâchée. Il y a longtemps que vous avez quitté Rome ?

– Oh la la, je faisais. Oh la la.

Il hochait la tête et nous communiquait les dernières nouvelles du Forum dans un latin chantant et rocailleux qu'à notre tour, nous comprenions. Ensuite, il faisait virevolter son grand manteau écarlate et nous invitait à sa table dans son campement. Au cours du festin, à peine évoquions-nous la possibilité d'un émincé de chevreuil, d'un civet de lièvre à l'origan, de truites au fromage fondu, de vins de Chios et de Massique, que nous étions servis sans que personne ne dise oui en faisant non ou l'inverse. Le beau rêve !

Il s'est achevé sur une phrase du consul P. Sulpicius Galba. Une phrase que je n'oublierai jamais. Comme je lui demandais pourquoi les Romains avaient disparu dans la nuit de l'Histoire, il m'a répondu avec un air amusé en avalant un fruit détaché d'une grappe de raisin de Corinthe :

– Mais nous n'avons pas disparu, mon cher. Regardez bien. Nous sommes là, partout, autour de vous. Ab-so-lu-ment partout, vous ne voyez donc pas ?

Je me suis réveillé, du soleil antique plein les yeux.

Et je me suis rappelé ce qu'était Durrës autrefois. N'était-ce pas Epidamnus, ce fameux port qui reliait Orient et Occident par la via Egnatia ? Ô merveille, la ville devait recéler des vestiges gréco-romains fantastiques ! J'ai bondi hors du lit dans une forme du tonnerre. Et c'est ainsi qu'à neuf heures trente, nous entamions l'exploration de la cité, prêts à nous consacrer jusqu'au soir à la culture antique.

La seule difficulté était de découvrir les trésors archéologiques d'une ville qui, à l'instar de toutes les autres, considérait l'orientation urbaine comme une question secondaire. Nous avons suivi au hasard la rruga Tregëtare où nous nous trouvions la veille. Elle débouchait sur la pointe extrême du port et le front de mer. Depuis une ancienne tour de guet, une muraille défensive en briques brunes remontait vers le centre. La paroi, massive, avait une facture médiévale. Nous étions sur la bonne piste. Quelques mètres encore et nous parviendrions à l'Antiquité.

Pourtant, nous tournions en rond et n'apercevions aucune trace de vestiges romains. Tout à coup mon cricri s'est mis à courir. Son accélération m'a surpris, il m'a distancé sur une bonne vingtaine de mètres.

– C'est par là, a-t-il crié avant de disparaître.

Je l'ai poursuivi dans des venelles pavées où des brins d'herbe chétifs poussaient entre les blocs. Il tournait à gauche, il tournait à droite. Il avait l'air de savoir où il allait. Lorsque je l'ai rattrapé, il s'allumait une cigarette devant une clôture grillagée qui cernait une immense excavation. C'était un amphithéâtre romain.

– Comment t'as su ? j'ai fait, haletant.

– C'est mon père, a-t-il répondu. Il m'a envoyé un message, il y a deux minutes.

– Prodige de la communication, j'ai reconnu, admiratif.

– De la communication de pensée, a-t-il précisé. Je ne lui avais pas dit qu'on était à Durrës.

Il a souri pour lui-même en pensant à son papa. Il a tiré une longue bouffée, jeté son allumette et s'est mis à marcher en suivant la grille d'un pas nonchalant.

J'ai examiné l'amphithéâtre. Il n'en restait pas grand-chose. On distinguait encore les traces des gradins en ellipse sur la moitié de l'édifice, adossée à la colline, mais les marches avaient été partiellement détruites par des siècles d'ensevelissement. De l'autre côté, les arènes avaient servi de fondations à une barre d'immeubles en béton.

– Tu veux qu'on entre ?

Dans une cahute, un gardien attendait d'improbables touristes. Il n'y avait personne sur le site.

J'ai haussé les épaules.

– Il n'y a rien à voir. Fichons le camp.

Nous avons contourné l'amphithéâtre et sommes redescendus par un dédale de ruelles. Nous allions rejoindre l'hôtel quand mon cricri m'a retenu par la manche.

– Attends, il a fait. C'est de l'autre côté.

Il désignait un passage étroit entre deux bâtisses.

– C'est ton père ? j'ai demandé.

Il a acquiescé, son téléphone à la main.

– Qu'est-ce que c'est ? Thermes ? Temple ? Aque-duc ?

– Forum, il a fait. Première rue à gauche.

Le forum romain se trouvait au milieu d'une ave-nue. On distinguait encore le dessin circulaire de la place centrale et une partie du portique avait été reconstituée. Pour le reste, il s'agissait d'un chaos de pierres abandonnées. La perspective même du site était parasitée, tout effort d'imagination anéanti par le décor urbain autour de ces vestiges. Immeubles déla-brés, blocs de béton brut, chantiers interrompus, c'était un désastre sans rémission.

Je me suis détourné, mâchoires contractées. J'étais furieux de ce qu'on avait fait aux Romains, de ce qu'on avait fait aux Albanais, de ce que nous nous fai-sions à nous-mêmes. À cet instant, j'aurais voulu voir l'humanité anéantie et je l'aurais anéantie moi-même aussi sûrement que le méchant des films de Tom Cruise et de Bruce Willis. C'était lui, au fond, qui était dans le vrai et non les deux autres imbéciles avec leurs sourires et leurs froncements de sourcils qui faisaient la réclame du système et de la ruine vers laquelle il menait.

– Et maintenant, qu'est-ce que tu veux faire ? s'est enquis mon cricri.

– Je ne sais pas. Pas de message de ton père ?

Mais son paternel avait cessé d'émettre et le centre-ville était exigu. En moins de deux heures, nous avions vu tout ce qu'il était permis d'espérer. J'ai regardé ma montre, j'ai réfléchi un instant. Voyons, quel moyen avions-nous d'occuper intelligemment notre temps ? Après un rapide calcul, j'ai suggéré de rebrousser chemin vers notre point de départ. Si nous ne marchions pas trop vite, nous pouvions être au fast-food à midi.

Vingt-quatre

Rue Tregëtare, le patron à tête de Charlie Chaplin nous a vus revenir avec plaisir. Nous étions français. Notre fidélité était un signe d'excellence pour sa cuisine. Il nous a regardés manger sur le pas de sa porte sans dissimuler sa fierté. C'était lui qui régalait les magnats du pétrole, la nouvelle allait retentir longtemps dans les faubourgs de Durrës.

Une fois plombés, nous sommes rentrés à l'hôtel. Il restait une occupation que nous n'avions pas exploitée : la sieste. Le jeune réceptionniste nous a donné les clefs en détournant les yeux, les pommettes cramoisies.

– Tu sais qu'il m'énerve, celui-là, a ronchonné mon cricri dans l'escalier. Il me cisaille les nerfs, ce type !

Dans la chambre, il s'est allongé, furibard, une vraie pile électrique, et a sombré aussitôt dans un profond sommeil. Quant à moi, j'ai essayé de tuer le temps avec la télé, en sautant de chaîne italienne en chaîne albanaise. Le désœuvrement aidant, j'ai fini par sentir poindre une vague gêne, une idée informulée, mais désagréable, qui avançait à tâtons. Tout à coup, ça m'est revenu en pleine figure.

Putain, le catamaran.

Il y a eu une détonation dans ma poitrine. Puis mon cœur s'est emballé, mes mains se sont mises à trembler. J'ai regardé mon cricri. Joue écrasée sur les moustaches de Gros Minet, il nageait en pleine innocence. J'ai pratiqué une séance de training autogène de Schultz pour me détendre. Lorsque mon camarade a émergé de sa sieste, il était dix-huit heures et je venais à peine de m'assoupir.

— Debout là-dedans ! il a crié. S'agirait pas de mollir !

Je me suis réveillé en sursaut.

— Hein ? Qu'est-ce qu'il y a ?

— Trop de sommeil, c'est pas bon, il a fait. Ça provoque un relâchement des tissus musculaires. Regarde, moi, une petite décharge d'adrénaline de temps en temps et je suis en pleine forme.

Je l'ai fixé, effaré.

— Non, je plaisante, il a dit. Je ne me sens pas bien.

À dix-neuf heures, nous étions de retour au fast-food. Un flic est arrivé, a déposé deux cônes jaune et noir à l'embouchure de la voie. Aussitôt, des types ont surgi de partout et se sont installés aux terrasses. Peu après, les filles sont entrées en scène. Et le grand défilé a recommencé.

Nous avions été parmi les premiers à choisir nos places à l'orchestre, sous un acacia boule aux feuilles vert tendre, au tronc charnu et joli. Nous avions orienté nos chaises de manière à assurer une surveillance panoptique de la rue. Je la couvrais en aval et mon cricri en amont de telle sorte que chacun pouvait alerter l'autre en cas de surgissement d'un phénomène intéressant. Il s'en produisait un toutes les quatre secondes.

— C'est tout de même extraordinaire. Tu as remarqué ?

Mon cricri ne m'entendait pas. Ses yeux hypermobiles papillonnaient en tous sens. Il en oubliait de manger son *kebab* dont la sauce coulait lentement sur sa serviette, tandis que les frites devenaient ternes par absorption progressive de l'huile. J'ai élevé la voix pour l'atteindre :

— Tu as vu tous ces jeunes ?

— Mmmh ?

— Les garçons et les filles. C'est beaucoup plus rigide qu'à Tirana. Se saluent pas, s'embrassent pas, se parlent pas. Dans une ville de cette taille et avec ce cirque tous les soirs, ils doivent pourtant tous se connaître.

— Te laisse pas abuser, il a répondu sans me regarder. C'est une parade nuptiale. Les filles se mettent sur le marché, les types font leurs emplettes.

— Ah bon ! Tu crois que c'est si libéral que ça ?

— Oh oui, le libéralisme à l'état pur. Elles viennent se montrer et les types regardent. Les vieux, parce que c'est tout ce qui leur reste, les jeunes, parce que c'est tout ce qu'ils auront. C'est l'Albanie, mon cher.

Sa voix était comme absente, mais il était tout à son analyse.

– Et s'ils veulent conclure ? j'ai insisté. Il faut bien qu'à un moment, ils s'adressent la parole, non ?

– Exact. Le jour où ils se parlent, l'affaire est conclue : ils se marient et la fête est finie. C'est pourquoi ils prennent leur temps. Tu ne t'es pas demandé pourquoi il n'y a pas de filles du Block de plus de vingt-cinq ans ?

Nous avons prolongé notre enquête sociologique jusqu'à la fin de la représentation. À vingt et une heures, un flic est venu rétablir la circulation et la foule s'est évanouie en quelques minutes. Comme nous demandions la note, le patron a engagé la conversation. C'était un Macédonien admiratif de la France. Il connaissait quelques mots de français, « s'il vous plaît », « merci », « au revoir », qu'il prononçait avec cet air timide et ce sourire irrésistible qu'avait Charlie Chaplin lorsqu'il faisait une déclaration d'amour.

Il a essayé de nous enseigner des rudiments d'albanais, *faleminderit*, *jú lutem*, qui se sont révélés trop ardus pour nous. Avec fierté, il nous a expliqué qu'il y avait trente-six lettres dans son alphabet et il s'est lancé dans un exposé des nuances entre le « s », le « th », le « x » et le « z ». Je n'y comprenais rien.

– Vraiment sympathique, ce gars, a dit mon cricri sur le chemin de l'hôtel Repeto.

– Très. Et plutôt drolatique avec son alphabet.

– Pourquoi donc ?

— Il a dit qu'il comprenait trente-six lettres.

— Oui, et alors ?

— Les Grecs n'en ont eu besoin que de vingt-cinq pour inventer la philosophie, le théâtre et l'histoire.

Nous avons regardé un film idiot avec Eddy Murphy, cela n'a pas entamé ma bonne humeur. Le lendemain, nous allions amorcer notre retour vers notre chère vieille France, ce sacré pays où un alphabet de vingt-six lettres à peine suffisait à s'exprimer. Bien sûr, il restait quelques obstacles à franchir, une traversée de l'Adriatique, deux nuits d'hôtel que nous ne pouvions payer. Cependant la soirée avait été douce et j'avais réussi à mettre ces questions sous le boisseau. Et puis trente-six lettres, hein, quelle merveille !

Vingt-cinq

Avant même que j'ouvre les yeux, mon cœur s'est mis à battre la chamade. Le catamaran. Cette fois, nous étions face au problème, impossible d'y échapper. Et ce qu'il y avait de terrible avec ce problème-là, c'est qu'il était sans solution. S'il n'y avait pas de catamaran, c'était affreux. S'il y avait un catamaran, c'était affreux aussi.

Je me suis dévisagé dans le miroir de la salle de bains. J'étais livide. Mon cricri n'était guère resplendissant lui non plus. Nous avons préparé nos sacs et sommes descendus déjeuner. Il était moins de sept heures. L'hôtel était silencieux, plongé dans la pénombre. Nous n'y avions rencontré aucun autre client depuis notre arrivée. Les petits déjeuners se prenaient au sous-sol dans une salle de bar au mobilier cossu, assorti d'un étrange bric-à-brac décoratif : des bouteilles d'alcool exposées dans une vitrine, des stèles blanches gravées en arabe, un miroir portant une effigie de Clint Eastwood.

Mon cricri a poussé la porte.

– Personne. On devrait peut-être en profiter pour…

La lumière s'est allumée. Le réceptionniste a surgi, tout habillé, les traits gonflés de sommeil, avec un gros épi dans les cheveux. Il nous a introduits dans la pièce. J'ai remarqué l'empreinte d'un corps sur un canapé bleu pétrole et une serviette en éponge posée sur l'accoudoir. Combien pouvait-il gagner pour ce double emploi de réceptionniste et de veilleur de nuit ? Une misère sans doute vu la fréquentation de l'hôtel.

Comme la veille, il nous a servi un café amer dans un dé à coudre, un croissant industriel à la confiture et un jus de pamplemousse coupé à l'eau. Il nous observait à la dérobée d'un air intrigué. Chaque fois que nos regards se croisaient, il piquait un fard et souriait timidement, ce qui faisait remonter son grand menton.

– Bon, a fait mon cricri. Et maintenant, faut se tirer d'ici sans laisser de traces.

– De traces ?

– Il a relevé le numéro de ton passeport avant-hier, t'as oublié ? Je suis pas sûr que l'Albanie émarge à Interpol ni que la brigade criminelle débarque chez toi d'ici huit jours pour te présenter la note, mais j'ai pas envie d'être retenu à la douane pour une vérification d'identité. À plat ventre sur le goudron, une botte cloutée entre les omoplates et un pistolet-mitrailleur sur la nuque, tu vois le genre ?

Un frisson m'a galopé sur la colonne vertébrale. Je n'avais pas pensé à ça. J'ai tenté une objection pour me rassurer :

– Tu crois pas que tu exagères ?

– Tu veux tenter ta chance ?

Je n'ai pas eu besoin de réfléchir. Je n'étais pas joueur. Tenter sa chance, ça revenait à tirer à pile ou face. Et le côté pile, on savait où ça menait. Tenter sa chance, tu parles, tenter la poisse, oui.

– Laisse-moi faire, a dit mon cricri. Engage la conversation sous un prétexte quelconque pour l'occuper.

Le réceptionniste venait d'allumer la télé et attendait derrière le comptoir que nous ayons terminé notre collation.

– Pendant ce temps, je monte dans la chambre. Je récupère nos affaires, je passe discrètement à la réception, j'arrache la page dans le registre et tu me retrouves dehors dans un quart d'heure. Quand il se rendra compte qu'on a fichu le camp sans payer, on sera loin.

Il a quitté la pièce, j'ai continué de siroter mon jus de pamplemousse. Le jeune gars est venu débarrasser la table. Il a ôté la tasse et le verre vides, puis passé un coup de serviette. Un porte-clefs pendait à sa taille. Un rectangle de métal sur lequel le drapeau albanais – un aigle noir à deux têtes sur fond rouge – était incrusté en médaillon. J'ai pris un air intéressé et lui ai montré la babiole.

Un sourire rayonnant a envahi son visage. Il s'est lancé dans de grandes explications en montrant certains détails sur le dessin. Il semblait attacher une grande valeur à ce porte-clefs qui pourtant était en toc et dont les qualités esthétiques me paraissaient discutables. Je ne saisissais rien, cependant je l'encourageais en hochant la tête. Il embrayait au quart de tour, ravi de l'intérêt que je lui portais. Avec son épi de cheveux et son menton en galoche, il avait un faciès de brave type, ce genre de physionomie qui vous incite à vous livrer en toute confiance dès la première rencontre.

À la fin, sa sincérité m'a mis mal à l'aise. Pour abréger la conversation, j'ai fait signe, pouce levé, qu'il m'avait convaincu et que je trouvais le drapeau albanais magnifique.

Sa réaction m'a déconcerté. Il a détaché le porte-clefs et me l'a tendu dans un mouvement spontané. Je me suis enflammé jusqu'aux oreilles. J'ai tenté de le refuser, mais il n'y a rien eu à faire. Il insistait, heureux de me l'offrir, puisqu'il me plaisait. Je n'ai eu d'autre solution que de l'accepter et quand je suis sorti de l'hôtel, les mains dans les poches, l'air dégagé, j'avais dans le cœur le sentiment véreux d'avoir commis un meurtre.

Vingt-six

À notre arrivée dans le port, un vigile nous a informés que nous devions nous faire enregistrer. Il nous a orientés vers un mobil-home à l'enseigne de Di Maio Lines. Le guichet était fermé et nous avons attendu debout dans un décor de chantier à l'abandon. Une foule nombreuse et chargée de bagages est venue peu à peu se masser derrière nous.

– Je suis sûr qu'on s'est fait arnaquer, j'ai dit. Il y a trop de monde pour un bateau à voiles. Tous ces gens doivent prendre le ferry. Tu vas voir qu'avec notre catamaran bidon, on va rester à quai.

Les Albanais attendaient avec des airs bonasses et tranquilles de vieux habitués. Lorsque le guichet a ouvert, ils m'ont pourtant bousculé sans vergogne contre le mobil-home. J'ai été débordé à droite comme à gauche et la fille assise derrière la lucarne a servi plusieurs autres personnes avant de prendre les billets que je lui glissais, le visage écrasé contre l'hygiaphone.

Je me suis extrait de la foule et j'ai retrouvé mon cricri qui fumait une cigarette à l'écart.

– Dépêchons-nous de trouver ce catamaran, je lui ai dit. Je ne serai pas tranquille tant que je ne serai pas à bord. Ni d'ailleurs quand j'y serai, je te préviens.

Nous nous sommes dirigés vers les installations portuaires. Des agents de sécurité peu amènes en gardaient jalousement l'entrée, en chemisette blanche et képi bleu marine. Pas question de passer, il fallait encore prendre son mal en patience. La foule s'est à nouveau agglomérée derrière nous, tout aussi bonasse et tranquille qu'auparavant.

J'ai examiné nos tickets d'embarquement. Le mien m'a causé une soudaine inquiétude. Une erreur avait été commise. J'étais enregistré comme ressortissant britannique. En un sens, cela me flattait. L'accent d'Oxford transpirait maintenant de toute ma personne sans même que j'aie à ouvrir la bouche. D'un autre côté, je redoutais de nouvelles complications.

– Je suis sûr que je vais avoir des ennuis, j'ai fait. Tu vas voir qu'on va m'empêcher de monter à bord.

Le temps s'est écoulé. Les agents ne se décidaient pas à ouvrir. Huit heures quarante-cinq, neuf heures, neuf heures quinze. Nous étions de plus en plus nerveux. Notre bateau était censé lever l'ancre à neuf heures trente précises.

J'ai abordé un agent, un type trapu au teint olivâtre dont le képi renversé laissait échapper une touffe huileuse de cheveux. Ses paupières se sont entrouvertes sur une sclérotique jaune qui dénotait un tempérament bilieux. Je lui ai demandé en anglais s'il y avait bien un catamaran pour Bari, si nous attendions au bon endroit, si la grille allait bientôt ouvrir, si ce n'était pas gênant d'avoir « English » sur son ticket quand on était citoyen français, si la météo marine était favorable, si…

– *Stop talking !* il a aboyé en m'intimant l'ordre de regagner ma place.

J'ai regardé le bras musculeux qui sortait de sa manche. J'ai regardé le fond ambre et injecté de son œil. Et j'ai tourné le dos au bouledogue. Que son noyau de prune l'étouffe.

L'attente a repris. Neuf heures trente. Neuf heures quarante-cinq. Dix heures. Le soleil commençait à taper fort. Les deux cents voyageurs albanais patientaient, dociles, mis littéralement au pas par toute une vie de déplacements en autocar.

– Je suis sûr qu'il y a un problème, j'ai dit. Tu vas voir qu'on ne va pas partir.

À onze heures, un agent a ouvert la grille, un autre a fait signe d'avancer. Avant d'avoir pu réagir, j'ai été propulsé par la foule et j'ai trébuché sur mon sac. J'aurais été piétiné si je ne m'étais raccroché aux épaules d'une grand-mère qui venait de m'aplatir les orteils. La bousculade a été âpre. Une forêt de mains se tendaient pour présenter billets et passeports aux bouledogues qui nous enguirlandaient comme si nous étions du bétail.

Une fois dans le port, les voyageurs couraient, bagages à la main, pour s'engouffrer dans le hangar de la douane. Nous n'avons pas cédé à cette atmosphère d'hystérie collective. D'un pas digne, nous avons marché jusqu'au poste où un nouvel embouteillage s'était formé avec la même absence de discipline. Les femmes enceintes doublaient les mères de famille qui doublaient les personnes âgées qui doublaient les plus valides et ceux-ci doublaient tous les autres.

Lorsque mon tour est arrivé, le douanier a passé mon passeport au détecteur de faux documents. Il a scruté ma photo et m'a toisé d'un air soupçonneux. Que se figurait-il, ce butor ? Qu'on ne pouvait être français sans transpirer l'accent d'Oxford de toute sa personne ? Pardon de le déranger, mais est-ce qu'il avait déjà entendu parler de la citoyenneté européenne ? Je le fixais avec toute l'insolence qu'autorisait la crainte obséquieuse qu'il m'inspirait.

Les formalités accomplies, nous avons suivi la foule qui galopait vers le quai. Il n'y avait pas de catamaran, ni aucun autre bateau. Juste deux cents Albanais et nous.

– Deux cents personnes sur un catamaran, c'est pas normal, j'ai dit. Deux cents personnes, c'est le naufrage assuré.

Nous avons vu arriver un énorme bateau à double coque. Un catamaran à moteur, non à voiles. Il avait l'air d'assurer une ligne régulière. Voilà qui prenait une tout autre tournure.

– Termoli Jet, j'ai murmuré. Une compagnie italienne.

J'ai poussé un soupir.

– Tu vas voir qu'on va peut-être s'en sortir, finalement.

Vingt-sept

Au premier étage, trois travées de fauteuils, larges et profondes, donnaient au bateau l'aspect d'une luxueuse salle de cinéma. Les passagers se précipitaient au fond où ils s'agglutinaient les uns aux autres. Nous nous sommes installés à l'avant. Une large baie vitrée y offrait un spectacle splendide : les flots bleu marine de l'Adriatique moutonnaient à perte de vue. Un steward de la Termoli Jet est venu beugler une annonce en italien. En résumé, les minables qui étaient sujets au mal de mer étaient invités à refluer vers l'arrière, les autres trouveraient des sacs en papier au dos des fauteuils.

– T'as le mal de mer, toi ? j'ai demandé à mon cricri.

Il m'a adressé un fin sourire. Mal de mer ? Il ignorait jusqu'au sens de cette expression. J'ai relevé moi aussi les commissures des lèvres. Une brève croisière en Méditerranée m'avait prouvé autrefois que, même en pleine tempête, je gardais le pied marin. Je me suis amusé de voir de nombreux passagers renoncer aux places avec vue pour aller s'entasser au fond avec le reste du troupeau.

Les moteurs se sont mis à ronronner, des vibrations douces se sont propagées dans le bateau et celui-ci a quitté le port à un rythme soutenu. Lorsqu'il est entré dans les eaux territoriales, il y a eu une nette augmentation de régime. L'opposition entre la puissance motrice à l'arrière et la légèreté des flotteurs à l'avant a commencé à soulever la proue à chaque rencontre avec les vagues et la vitesse aidant, le mouvement de bascule s'est accentué. Dans la baie vitrée, c'était une alternance d'azur et de bleu profond, une oscillation rapide de la ligne d'horizon comme un simulateur de vol devenu fou.

Dans les cinq premières minutes, un tiers des passagers a viré au vert-de-gris. Certains ont pris la fuite avec des physionomies tragiques, d'autres se sont greffé les sacs en papier sur la figure. Deux gamins ont vomi sans prévenir sur la moquette. Je me sentais au meilleur de ma forme. Je m'étais fait un sang d'encre au sujet de cette traversée, ce serait une aimable promenade en définitive. Quant à mon cricri, il avait pris ses dispositions pour le voyage. La tête chavirée contre le hublot, il venait de s'endormir.

Au bout d'un quart d'heure, j'ai éprouvé une sensation étrange. Une bouffée de chaleur suivie d'une rosée de sueur sur le front et le nez. J'ai senti un mouvement sous mon plexus, un déplacement d'organes qui laissait un vide mouvant, désagréable. La seconde d'après, j'avais les joues en feu et de franches gouttelettes perlaient à la racine de mes cheveux. Qu'était-ce à dire, je n'allais tout de même pas être malade ?

Je me suis levé et j'ai remonté l'allée en m'agrippant aux sièges. Partout, c'étaient des scènes d'épouvante. Des voyageurs agonisaient dans des attitudes grotesques, vautrés sur leurs fauteuils, plongeant vers leurs sacs en papier avec des bruits effrayants. Au milieu de ce carnage, certains demeuraient imperturbables. Ils lisaient des magazines, écoutaient de la musique, grignotaient des petits gâteaux. L'idée m'a traversé qu'ils n'étaient pas réels. On les avait rajoutés sous forme d'hologrammes pour persuader les autres passagers qu'ils n'allaient pas tous mourir.

J'ai gravi les escaliers en me tenant aux murs. J'y ai croisé un type verdâtre qui a plongé ses yeux dans les miens comme s'il revenait de l'autre monde. Le deuxième étage ressemblait au premier, avec un bar-restaurant en prime. J'ai repéré le halo d'une porte vitrée et me suis dirigé vers elle en zigzaguant. J'avais le vertige, un goût amer dans la bouche.

Le vent marin a giflé mon visage et mes bras nus avec une fraîcheur saisissante. Le pont arrière était minuscule. Une sortie de cinq mètres sur six à peine. Le soleil éclatant brillait haut dans le ciel. Trois hélices rouges labouraient la mer dans un vacarme assourdissant, ouvrant une profonde ravine d'écume dans la nappe noire des flots.

Le catamaran… j'ai pensé. Puis mes entrailles sont entrées en convulsion dans une houle de magma volcanique.

202

J'ai été incapable de redescendre jusqu'à la fin de la traversée. Je suis resté cramponné au bastingage telle une moule sur un rocher. Je fixais l'horizon, les mains en étau sur la rampe, les mâchoires soudées à m'en faire éclater les jointures. J'étais fier, j'étais beau, des embruns plein la figure. Mon estomac m'infligeait des tortures dignes de la Gestapo.

Je n'étais pas le seul à souffrir mille morts. Je voyais les autres passagers débouler à tour de rôle, livides, chancelants. Ils cherchaient leurs marques, se positionnaient face aux vagues, puis se délestaient de leur trop-plein par-dessus la rambarde. L'un d'eux a fait irruption, un sourire narquois sur les lèvres. Il est venu empoigner la balustrade, le regard braqué sur l'horizon. Et là, bras tendus, dos droit, nuque raide, il a ouvert grande la bouche et s'est mis à vomir à l'horizontale, façon cracheur de feu, dans le sillage du bateau. Après quoi, il a fait demi-tour et s'en est allé avec un naturel parfait, avec la même décontraction et le même sourire que précédemment.

Quelle chance ils avaient tous ! Moi, c'était à vide que la nausée me moulinait les entrailles. J'ai fini par m'accroupir, puis par me recroqueviller sur le sol, de crainte de défaillir. J'avais froid. Le vent cinglant me faisait grelotter et mes bras rougissaient à vue d'œil, cuits par le soleil.

Je vais mourir d'une pneumonie, j'ai pensé. D'une pneumonie et d'une insolation, c'est original. À Bari, les toubibs apprécieront quand j'arriverai aux urgences. Oh, le mal de mer est une arme de destruction redoutable. Si Hitler avait misé sur le mal de mer plutôt que sur les missiles balistiques, les nazis auraient sûrement gagné la Seconde Guerre mondiale.

Autour de moi, il y avait des types anormaux qui rôdaient. Ils n'étaient pas malades. Ils fumaient cigarette sur cigarette. Il s'en trouvait toujours deux ou trois pour venir téter sur le pont et balancer ensuite leurs mégots à la mer. La fumée me venait à tout coup dans la figure. Dans mon état de détresse hépatique, l'odeur du tabac m'était odieuse, insupportable. À un moment, l'un de ces maniaques a craché dans l'eau, le vent a rabattu son jet de salive et je me le suis pris en plein visage. J'ai poussé un gémissement, j'ai enfoui ma tête entre mes genoux et fermé les paupières, au bord des larmes. Quand je les ai rouvertes, mon cricri se tenait devant moi.

— Ça va ? il m'a crié pour couvrir le bruit des moteurs.

La peau rose et le teint frais, il extirpait une cigarette de son paquet.

— Impeccable, j'ai répondu. J'ai juste un petit problème.

— Ah bon ? Quoi donc ?

— Je suis en état de choc.

— Pardon ?

J'ai mis ma main en porte-voix :

— Je suis en état de choc. Je crois que je vais mourir.

J'étais hagard, le visage brûlé, et je claquais des dents.

– Merde, il a fait. C'est vrai que t'as une sale tête. Qu'est-ce qui t'arrive ?

– Allergie à la lumière, j'ai répondu.

J'ai montré mes bras. Ils étaient écarlates.

Il a rangé la cigarette dans son paquet et s'est rendu dans la salle pour chercher mon blouson. Une fois couvert, j'ai commencé à guetter l'apparition de la côte. Il ne restait qu'une demi-heure de trajet, la pensée du surgissement imminent de la terre ferme m'aidait à tenir. Pourtant, une demi-heure plus tard, il n'y avait toujours pas de côte en vue et je me suis mis à paniquer. Le type de l'agence nous avait dit trois heures de voyage. Pourquoi ça n'était pas fini au bout de trois heures ?

– Tu veux pas aller voir ? j'ai demandé.

– Aller voir quoi ?

– Pourquoi on ne s'arrête pas. Ça fait trois heures.

Il a détourné la conversation. Ce n'était pas bon pour moi de me braquer sur ces questions d'horaires. Cependant je ne voulais rien savoir. On avait payé pour trois heures. On avait le droit que ça s'arrête au bout de trois heures.

– Ne te laisse pas déborder par tes sensations, il m'a dit. Si tu veux que le temps passe plus vite, concentre-toi sur des choses agréables.

Je me suis juré de ne plus jamais monter sur un bateau. Je me suis promis de ne plus jamais approcher la mer à moins de cent cinquante kilomètres. J'ai pris la résolution de passer désormais tous mes congés dans les Alpes, à deux mille mètres d'altitude.

Seulement mon camarade se trompait : ces pensées n'ont en rien abrégé le voyage. Le type de l'agence était incompétent, malhonnête ou tout simplement albanais. Le temps de la traversée n'était pas de trois heures, mais de cinq.

J'ai dû agoniser pendant cent vingt minutes encore.

Vingt-huit

Dans le port de Bari, le drapeau bleu étoilé de l'Union qui flottait sur la capitainerie nous a presque arraché des larmes et ma nausée a disparu à l'instant où j'ai posé le pied à terre. Des barrières canalisaient les voyageurs en bon ordre vers les postes de douane. Il était formellement interdit de fumer. Les tarifs avaient partout doublé. Quel bonheur ! Et cette austérité bureaucratique ! Ô extase ! Le douanier italien a scruté ma photo, m'a toisé avec un air mauvais sans mot dire, j'ai trouvé ça formidable. C'était ça, l'Europe ! Nous parlions français très fort, en riant, pour qu'il n'y ait aucune ambiguïté sur notre appartenance nationale.

Peu après, nous étions de retour à la station des bus, piazza Aldo Moro. Il nous fallait un hôtel pour poser nos bagages et ensuite un vrai restaurant pour un dîner magnifique, à l'européenne. Dans les environs, tout était complet. Sauf à la résidence Moderno, via Crisanzio, où il restait une chambre à un prix prohibitif.

– C'est de l'extorsion pure et simple, j'ai protesté.

– Il faudrait leur imposer un stage en Albanie, a suggéré mon cricri. Ça les rendrait plus aimables. Tu vois, c'est ça, l'Europe. Moi, ça me dégoûte.

Nous avons tenté de négocier. L'hôtelier nous a ri au nez. Français ? il a demandé, hilare. Il nous a indiqué un camping à vingt-cinq kilomètres en nous tapant gentiment sur l'épaule. Décidément, quelque chose avait changé. Nous n'étions plus des magnats du pétrole.

Nous avons erré pendant plus d'une heure sans trouver de gîte acceptable. À la fin, nous avons jeté l'éponge et sommes revenus à la résidence Moderno. L'hôtelier a visé nos passeports d'un œil amusé. Ces Français !

Nous avons aligné nos euros, il nous a donné la clef, nous sommes montés dans la chambre. La pièce était clinique, blanche, sans aucune décoration. Pour tout mobilier, il y avait deux lits en fer, une armoire et une table métalliques couleur crème. Dans le cabinet de toilette, un tabouret et un cordon d'appel sous la douche ne laissaient aucun doute sur la première affectation des lieux. La résidence Moderno était une maison de retraite hâtivement reconvertie en hôtel trois étoiles. Je m'attendais presque à trouver un dentier dans le verre à dents et un déambulateur sous le lavabo.

– Pas mal, a commenté mon cricri.

– C'est fonctionnel, j'ai convenu.

Nous nous sommes effondrés sur nos lits. Puis l'un de nous a fini par éteindre la lumière. Nous n'avons pas eu la force de ressortir pour dîner.

À cinq heures du matin, un autobus nous a emmenés à l'aéroport de Bari-Palese. Lorsque nous nous sommes présentés devant le portail de détection électronique, le vigile qui fouillait les passagers a examiné mon passeport. Il portait un bouc noir inquiétant et ses cheveux rasés laissaient apparaître un crâne cabossé aux angles vifs.

– *Francese ?* il a fait, le regard en coin.

Il s'est fendu d'un large sourire.

– Francia-Italia, 12 septembre !

Je lui ai adressé un clin d'œil. Nous parlions la même langue et mon cricri avait raison. Le ballon rond était le seul véritable idiome international. Avec lui, on pouvait se débrouiller partout même quand on en ignorait les règles.

– Maradona, Platini, Zidane, j'ai fait. Hooligan, penalty.

Le vigile m'a envoyé une grande tape dans le dos, un sourire jusqu'aux oreilles. Son bouc avait perdu tout caractère menaçant. J'aurais pu passer sous ses yeux un tube de nitroglycérine, il ne s'en serait pas aperçu.

Nous avons décollé à sept heures trente pour Milan Linate où nous avions une escale avec changement d'aéroport. Notre deuxième avion, un ER4 d'Alitalia, nous a ramenés en France en début d'après-midi. Ma femme nous attendait avec les enfants dans le hall des arrivées. Les retrouvailles ont été émouvantes. Le petit s'est jeté dans mes bras en criant : « Papa ! » et n'a plus voulu me lâcher jusqu'à la voiture. Ses petites mains s'agrippaient à mon blouson, il cachait son visage contre ma poitrine, tandis que mes filles se disputaient pour porter mon sac et me posaient des questions en rafale sur les temps forts du voyage. Quant à ma femme, elle ne me quittait pas des yeux qu'elle avait brillants.

— Alors, le catamaran ? a demandé l'aînée. C'était archi-ouf, non ? Au collège, Saumona en a fait avec son père. C'est un dingue de pêche, son *dad*. Le multicoque, il paraît que c'est complètement *smith*…

— *Smith* ? j'ai fait. Ouhlala, pire que ça, les enfants, je vous raconterai.

— Mais papa, a dit la petite, c'est vrai que tu as eu la main gauche coupée ?

— Presque, ma chérie, j'ai répondu en riant, presque coupée. Je vous raconterai.

— Et le Block, a demandé ma femme. C'était quoi au juste ce défilé tous les jours ?

— Je te raconterai, j'ai fait.

J'ai montré la route.

— Concentre-toi plutôt sur la conduite.

J'ai regardé mon cricri. Il a haussé un sourcil.

— Non, c'est vrai, c'est sinueux par ici.

Lorsque nous sommes arrivés chez nous, mon cricri n'a pas voulu s'attarder. Il a sauté dans son cabriolet et fait ronfler le moteur en promettant de m'appeler au plus vite.

– Je sens que le contrecoup du voyage va être sévère, m'a-t-il confié, une main sur le ventre. Après une bourlingue pareille, c'est toujours le moment le plus difficile.

Puis il a démarré sur les chapeaux de roue en faisant carillonner son klaxon italien. J'ai agité ma main, regardé sa voiture disparaître et je suis allé m'enfermer dans la salle de bains pour me rafraîchir. J'avais une mine cadavérique qu'accentuait une barbe de trois jours. Je me suis fait couler un bain. Je me suis rasé, parfumé, et j'ai rejoint ma femme et mes enfants pour le dîner.

L'ambiance avait changé. Mes filles venaient de se crêper le chignon pour savoir à laquelle revenait le tour de manipuler la télécommande. Le petit était en pleine crise de nerfs à la suite d'une rupture de stock de gâteaux aux pépites de chocolat. À chaque mot d'apaisement, il hurlait deux fois plus fort qu'il en voulait un paquet immédiatement. Du coup, ma femme était elle-même un peu nerveuse et ses yeux avaient cessé de briller. J'ai tenté de retrouver le souffle qui nous avait portés au retour de l'aéroport.

– On n'imagine pas la poussée que peut exercer un moteur sur un catamaran, j'ai commencé.

Personne n'a levé la tête. J'ai donné un coup de coude à ma fille aînée. Elle a ôté les écouteurs de son MP3.

– Ouais ? elle a fait.

– Je disais : on n'imagine pas la poussée que peut exercer un moteur sur un catamaran. Lorsqu'on se trouve sur le pont arrière et que...

– Un moteur ? elle s'est étonnée.

– Oui, avec deux hélices énormes...

– Tu veux dire qu'il y avait pas de voiles ?

– Euh non.

– Pas de foc, pas de spinnaker, rien ?

– Ben non.

– Mais c'est naze, ton truc, elle a ricané. Saumona, avec son père, elle fait pas de la péniche, elle.

Elle prenait sa sœur à témoin. Celle-ci ne réagissait pas. Elle boudait depuis le début du dîner, parce qu'elle n'avait pas obtenu gain de cause dans l'affaire de la télécommande. Ma femme, occupée à préparer des tartines de Nutella pour faire taire les vagissements du petit, n'écoutait pas non plus. J'ai commencé à voir rouge.

– Tout le monde n'a pas la chance de faire le Vendée Globe chaque matin, j'ai marmonné. Et qui c'est, cette Saumona, d'abord ?

– C'est ma nouvelle cops, au collège. Ses parents sont divorcés. Elle passe toutes ses vacances à Lorient chez son père. Il lui a payé un optimiste, c'est *top fun*.

– Ah ouais ? j'ai fait. Et si on parlait un peu de tes notes ? Où ça en est, tout ça ?

Ma question ne l'a pas troublée. Elle a poussé son assiette à laquelle elle n'avait presque pas touché, vidé d'un trait son verre de jus d'orange et s'est levée en regardant sa montre.

– T'es pas dans le bon fuseau, elle a dit. J'ai repris les cours hier, on n'aura pas de notes avant un mois ou deux. Bon, j'suis *vanish*. J'ai rencard avec Jimmy sur MSN dans cinq minutes.

– Jimmy ? j'ai demandé en regardant autour de moi. Qui c'est ça, Jimmy ?

Mais elle avait déjà quitté la pièce. Ma voix avait été couverte par les beuglements du petit ou par les écouteurs qu'elle avait renfoncés dans ses oreilles.

– Qui c'est, ce Jimmy ? j'ai répété.

Ma femme m'a fourni quelques éclaircissements. Jimmy était un garçon qu'elle avait rencontré la veille sur Second Life, un univers virtuel en ligne sur internet. Ma fille n'avait vu que son alias, une effigie électronique qui évidemment le magnifiait. Son clone informatique portait une combinaison Adidas, des chaussures Delight, une ceinture monochrome Montego Bay et il était trop beau.

Je suis resté sans voix pendant cinq minutes.

– Même leurs doubles virtuels sur internet portent des marques ? ai-je fini par demander.

– À condition de les payer, a acquiescé ma femme.

– De les payer ?

– Bien sûr. Dans des boutiques virtuelles. Tu t'imagines que tout est gratuit ?

– Mais ce sont des trucs qui n'existent pas ! j'ai explosé. Des trucs inutiles, qui ne servent à rien. On marche sur la tête !

– Mon pauvre chéri, tu es complètement dépassé, elle m'a fait. Tu vis encore dans un monde où chacun était en contact avec deux à trois cents personnes à peine. Aujourd'hui, avec le net, les jeunes ont des relations avec mille ou deux mille d'entre eux à la fois. Il faut vivre avec son temps, tu sais. Comment veux-tu que ta fille plaise si elle ne soigne pas son apparence électronique ?

– Sa quoi ? ! je me suis étouffé. Tu dis, son apparence quoi ?

Cependant le petit était à court de tartines et s'était remis à vagir. Ma femme a cessé de m'écouter. Je me suis tourné vers ma fille cadette. Un peu de candeur allait me reposer.

– Et toi, ma chérie, tu veux que je te raconte comment j'ai failli perdre le pouce gauche ?

– Nan !

Elle avait été déboutée de sa requête à propos de la télécommande et attendait le moment propice pour contre-attaquer. Or, ce moment était venu : la mine renfrognée, elle fixait son assiette intacte et entamait l'épreuve de force. J'ai eu un gros coup de fatigue.

– Mais prends-la, cette fichue télécommande, j'ai crié. Ta sœur est partie, elle est à toi maintenant.

– Nan ! elle a fait. J'en veux plus.

Je l'ai observée. Elle avait l'air furibarde. Sourcils froncés, voix impérieuse, elle a repris, poussant son avantage :

– Je veux un DVD.

– Pardon ?

– *L'Âge de glace 2*, ça vient de sortir.

214

J'ai cru que je manquais d'oxygène, que les yeux allaient me sortir de la tête. Comme le petit avait obtenu le pot de Nutella, ma femme est venue à mon secours.

— Laisse ton père tranquille, elle a dit. Tu vois bien qu'il est fatigué. Je t'achèterai ton film lundi avec ton nouveau cartable.

— Je veux un X-Pak.

— Mais bien sûr, comme ta sœur. C'est promis.

Ma fille a paru satisfaite. Elle a quitté la table avec une gaufre en emportant la télécommande et est allée se passer un film sur la platine DVD. Ma femme s'est retournée vers moi avec un bon sourire.

— Alors, mon chéri, si tu me parlais un peu de l'Albanie ?

— Je ne sais pas, j'ai fait.

Mon regard a plané dans les airs, est venu se poser sur la ratatouille biologique dans mon assiette. C'était mon plat favori. Ma femme l'avait mitonné spécialement à mon intention pour célébrer mon retour.

— J'ai un petit coup de pompe, j'ai ajouté. Il faut que je m'allonge un peu, excuse-moi une minute.

Je me suis retiré dans mon bureau. Je n'avais pas rangé mes affaires avant de partir. Il y avait encore des calques et du bristol punaisés sur ma table à dessin parmi les pots de peinture acrylique, les pinceaux, les plumes, les Staedtler, les bidons d'encre de Chine. Le projet en cours était affiché sur un panneau de liège. La maquette d'un emballage de purée. Il faudrait qu'elle soit achevée dans trois jours.

Sur l'image, une ribambelle de petits bonshommes rayonnaient de bonheur et sautaient par-dessus la photo de l'inévitable plat de purée blonde, onctueuse, dans une assiette creuse en grès flammé. « Nouvelle formule », indiquait le bandeau dans l'angle du paquet. « 25 % de soleil en plus ! » Cela ne voulait rien dire, mais le commanditaire y tenait. Des études avaient prouvé que la mention « 25 % de quelque chose en plus » entraînait une augmentation automatique du chiffre des ventes même si c'était 25 % de rien.

Je me suis laissé tomber sur mon fauteuil. Le système hydraulique a amorti la secousse en laissant le siège s'affaisser de deux centimètres, tandis qu'un gros soupir s'échappait de son axe. Je suis resté comme absent devant l'ébauche de ma prochaine œuvre.

La nuit est venue peu à peu. Je n'ai pas vu le temps s'écouler. Un grand silence s'est installé dans mon bureau avec pour contrepoint la télé en sourdine dans le salon, le bruit discret du clavier de l'ordinateur sur lequel ma fille pianotait et les criaillements lointains de mon fils.

Lorsque j'ai repris conscience, j'étais dans une obscurité complète. Par la fenêtre, je voyais les halos des réverbères et les signes d'une présence humaine dans le pavillon d'en face. Des lumières bleutées, projetées par plusieurs postes de télévision, clignotaient sur les murs de la pièce principale et des deux chambres à l'étage.

Je me suis penché pour allumer la lampe. J'ai senti une gêne à la pliure de l'aine. J'ai plongé la main dans la poche de mon pantalon. C'était le porte-clefs que m'avait offert le réceptionniste de l'hôtel Repeto, ce brave type au visage prognathe que nous avions volé. Je l'ai contemplé avec une sensation montante de trou dans la poitrine.

Sur le médaillon, le majestueux aigle noir du drapeau albanais écartait ses ailes et ses serres de façon parfaitement symétrique. Avec sa double empenne de neuf plumes, le rapace tenait sur le fond rouge une posture altière et menaçante, comme électrisé par une tension violente. Ses deux têtes, l'une tournée à gauche, l'autre tournée à droite, tordaient le cou à le rompre et paraissaient vouloir l'entraîner chacune dans une direction différente.

C'était une bête écartelée, une bête perdue. Suspendue par les ailes dans un vide sanglant.

*Du même auteur
chez Buchet/Chastel :*

MÉTAPHYSIQUE DU CHIEN
AUTOPORTRAIT À L'OUVRE-BOÎTE
POÉTIQUE DE L'ÉGORGEUR
SEULEMENT L'AMOUR
ÉCRIVAIN (EN 10 LEÇONS)

Aux Éditions n & b :

MESSAL (poèmes)

www.philippe-segur.net

 **www.livredepoche.com**

- le **catalogue** en ligne et les dernières parutions
- des **suggestions de lecture** par des libraires
- une **actualité éditoriale permanente** : interviews d'auteurs, extraits audio et vidéo, dépêches…
- **votre carnet de lecture** personnalisable
- des **espaces professionnels** dédiés aux journalistes, aux enseignants et aux documentalistes

Composition réalisée par FACOMPO (Lisieux)

Achevé d'imprimer en janvier 2010 en Espagne par
LITOGRAFIA ROSÉS S.A.
08850 Gavá
Dépôt légal 1re publication : février 2010
LIBRAIRIE GÉNÉRALE FRANÇAISE – 31, rue de Fleurus – 75278 Paris Cedex 06